U0060915

時空調查科 ❻

龐貝古城行

關景峰 著

新雅文化事業有限公司
www.sunya.com.hk

時空調查科

阿爾法小組

—— 人物介紹 ——

凱文

特工代號：051

年　　齡：13歲

組內擔當：分析大師

特　　長：IQ極高，分析力超強，
　　　　　多謀善斷

最強裝備：萬能手錶

萬能手錶

具備通訊、翻譯、搜尋、地圖
等等功能，還能按需要升級更
新其他功能。

張琳

特工代號：059

年　　齡：13歲

組內擔當：攻擊大師

特　　長：擁有驚人的戰鬥力，對各種
　　　　　武器都運用自如

最強武器：先鋒寶盒

先鋒寶盒

可變化成霹靂劍、迴旋鏢和流
星錘三種武器的神奇寶盒。

西恩

特工代號：056

年　　齡：12歲

組內擔當：防衛大師

特　　長：能針對不同攻擊使出各種防禦
　　　　　力強大的招式

最強招式：防禦盾、防禦弧

防禦盾

原為硬幣般大小的鐵片，使用時
會變大成圓形盾牌。

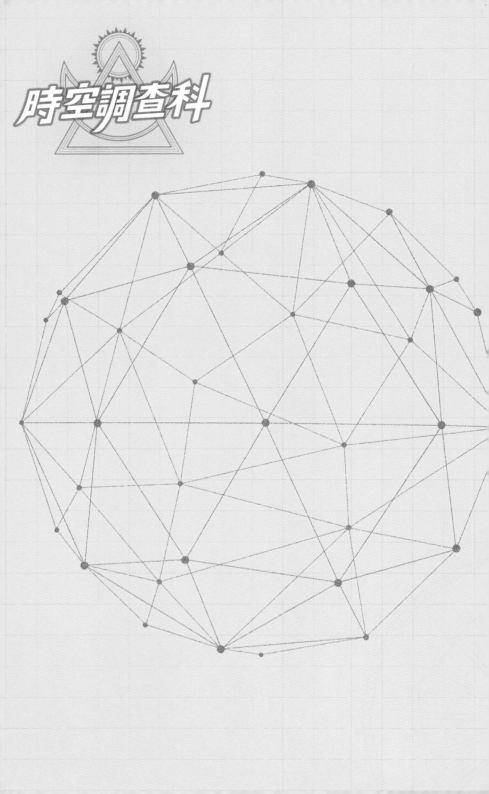

目錄

CHAPTER 1

少見的噴水池

「這個人,明顯就是西恩嘛——」張琳看着電腦,很是興奮地説,「哈哈,真的很像,看那緊張的樣子,還呆頭呆腦的……」

「張琳,為什麼又攻擊我?」西恩連忙站起來走過去,此時,我們三個都在特種警察機構總部辦公室裏。

「意大利羅馬博爾蓋塞美術博物館的展出,有一幅古羅馬時代的壁畫,這個跑着的人,很像是西恩。」張琳説着研究似地看看西恩,「嗯,確實像。」

我也走了過去,張琳的電腦熒幕上有一幅畫,畫上面有一些人在奔跑,天空是烏雲壓頂,為首的那個人,確實很像是西恩,這個人的身後,還跟着

幾十個人，大家一起在逃跑，有的人牽着牛羊。

「這個人，是個女人，很像是你呀。」西恩忽然指着後面幾個人中的一個，「看看這個髮型，和你現在的一樣呀。」

「噢，再找找看，有沒有像我的。」我開玩笑地説。

「這有一個很像你……」西恩説。

「鈴——鈴——鈴——」這時，桌子上的電話突然響了起來。張琳連忙把電話拿起來，説了兩句，隨後很嚴肅地把電話放下。

「諾曼先生叫我們馬上過去一下，有緊急任務。」張琳看着我和西恩説道。

不一會，我們就坐在了諾曼先生的辦公室裏，諾曼先生也是一臉嚴肅，他的桌子上攤着一些文件和資料。

「……這個派諾先生，是拿坡里市數一數二的投資家，涉及行業包括了金融業、珠寶業、時尚

業，他也是一個樂善好施的人，每年捐款都有幾千萬……」諾曼先生認真地看着我們，「就是這樣一位令人尊重的人，昨天被綁架了，綁架者冒充送貨的人，借上門送貨的名義，進入派諾先生家綁架了他，兩個真正的送貨人則先被捆綁在十幾條街外的汽車裏……」

「噢，膽子好大。」西恩感歎地說，「不過這種綁架案，應該是由當地警方處理，對吧？」

「我們得到的線報，綁架案應該是毒狼集團人員策劃的，目的就是為了索要贖金，派出的綁匪也是具有穿越能力的超能力者。事實上綁架案發生後的一個小時，派諾的家人就接到了電話，綁架者索要一億元的現金，要舊鈔，一周後交錢。」諾曼先生攤攤手，「警方全力尋找，發現派諾被綁匪帶出別墅後立即就消失了，所以如果真是有穿越能力的綁匪綁架他，這也就合理了，他們出了別墅，就可以穿越到其他時代，當地警方也就無能為力了。

所以，你們馬上去一趟拿坡里，實地勘測一下，看看有沒有穿越時候的遺留痕跡，越早趕去，鎖定他們具體穿越到哪裏的可能性越大，否則就是查找到他們穿越的地點，隨着時間推移，測定值減弱或消失，那麼也是無法知道他們到了哪裏的。儘快查出穿越數值，跟蹤過去，解救派諾先生。」

「是。」我們三個全部起立，立正回答。

幾分鐘後，我們拿着諾曼先生給的案件資料，回到辦公室，我們要先全面了解這個案情，隨後就前往意大利的拿坡里，實地勘驗現場。

被綁架的派諾先生，是在家人和僕人的注視中被帶走的，綁匪威脅如果僕人們要搶奪回派諾，就殺了派諾。大門口有閉路電視，攝錄了派諾被帶走的情況，綁匪把派諾推上一輛車後，車開走了，最後，車在十幾條街外被找到，車中空無一人。綁匪是兩個男子，一高一胖，經調查後，高個子綁匪叫狄倫，胖綁匪叫喬伊絲。

「你們看到沒有，綁匪在整段綁架中，少了一句話。」我看完資料，對張琳和西恩說。

「少了一句話？」西恩疑惑地望着我。

「一般這種情況，現場的綁匪都會威脅不許報警，但是這兩個綁匪，一句這樣的話都沒說。」我又看了看資料，「説明他們一點也不擔心被警察發現，因為他們穿越到別的時代，拿坡里當地警察也不會穿越，所以他們不怕。所以，我判斷，這一宗綁架案就是毒狼集團人員所為，這個犯罪集團有很多人具備穿越能力。」

「那我們快去實地勘驗一下，能找到他們穿越的痕跡就能判斷出派諾被綁到哪裏了。」西恩着急地説，「我們要是判斷不出來，技術科可以。」

「走吧，還在這裏説來説去的，要是我們到了拿坡里，早就把線索找出來了。」張琳已經站了起來，她手裏拿着一個快閃記憶體盤，「乘『飛魚』去……」

「飛魚」是我們全球特種警察機構總部配置，能在海底起飛的垂直起降飛機，而快閃記憶體盤就是開啟飛機駕駛系統的鑰匙。張琳是「飛魚」飛機的特級駕駛員，有了這種飛機，我們能在四小時內到達全世界任何一個地方。

我們拿上進行穿越檢測的設備，來到了航空基地，一架「飛魚」飛機就在機庫裏等候着我們，這種飛機可以乘載四個人，我們坐進飛機內，戴好了飛行頭盔。指揮台傳來可以起飛的指令，很快，機庫門關閉，機庫頂上的起飛門打開，海水灌了進來，很快充滿機庫。張琳按下起飛鍵，飛機發動機隨即噴出火焰，我們的飛機從海平面下急速上升，最後垂直躍出水面，急升一千米後，發動機開始轉向水平，張琳駕駛着飛機向意大利方向前進。

一小時多，我們就飛到了意大利的拿坡里上空，我們的總部已經和當地警方聯繫好了，我們在拿坡里的機場降落。隨後，當地警方派車直接把我

們帶到了派諾的家，我們要從那裏展開調查。

我們進了派諾家的院子，派諾這個大富翁的住房倒是沒有我們想像的那麼奢華，他的家，簡單說就是一個不大的院子，院子裏有一座不大的別墅，院子裏的噴水池倒是比較少見，一座山形物體豎立在噴水池中，山的頂尖噴出來的是水霧。

「噴出來的不是水呀。」我隨口問身邊派諾的管家。

「這是按照老爺的設計製作的，噴出來的霧氣化成水，落在水池裏，形成迴圈。」管家說，「假山裏有個霧化器，比別的噴水池就多了這樣一個霧化器。」

「你們也太不小心了，怎麼讓人用送貨的名義進到家裏呢？」西恩在一邊抱怨地說道。

「這個……」管家一臉自責和委屈，「可是當天，我們購買的一台大熒幕電視確實要送到家裏來，送貨的人上門前還給我們打了電話，確認家中

有人。他們是開着電器商店的送貨車進來的，而且兩個人把電視機抬進房子裏，説是要安裝，結果一進去就綁架了派諾先生。」

「可能是哪裏洩露了消息，被綁匪探聽到了。」我分析道，隨後看了看大家，「綁匪先是劫了電器商店的送貨車，把兩個真正的送貨員捆綁住，塞進自己的車裏，然後開送貨車進來的，警方報告説了，其實綁匪的車也是偷來的。」

「這招倒是很狡猾。」西恩看看那個管家，「確實也不能怪你們。」

「我們想從這裏出發，沿着綁匪最終棄車帶走派諾先生的路線，前往棄車的地方。」我對陪同前來的當地警官説。

「不算遠，只有十幾條街。」警官説，「我們查到了他們的路線，但是棄車之後，他們就消失得無影無蹤了。」

警官帶着我們上了車，開出別墅大門，上了馬

14

路。這一片區域比較安靜，不過車開出十條街後，就開始變得熱鬧起來，像是進入了鬧市區。

又向前開了幾條街，警官把車停在一條馬路的路邊，我抬頭看了一眼路標，和警方資料裏提到的一樣，奧拉亞尼街。我們下了車，這可真是一條熱鬧的馬路，路的兩邊都是各種商店。街上也是人來人往的。

「我停車的地方，也就是那天綁匪停車的地方，下了車後他們就全都不見蹤影了。」警官在一邊介紹說，「我們走訪了路人和商家，當時確實有人看到一高一胖兩個人帶着派諾先生下了車，不過他們都沒太在意，這裏的很多商家門口都有閉路電視鏡頭，都沒有拍到綁匪和派諾先生，一切在這裏就全部中斷了。」

「難道綁匪一下車就在這裏帶着派諾先生穿越走了？」西恩在停車的馬路上走來走去，「我們用儀器測一下？」

「不用測。」我搖搖頭，「在這裏穿越，眾目睽睽之下，他們不敢，也確實沒有目擊者看到有人一下就不見了，而且在他們穿越的時候，萬一有個人誤入穿越通道，那就會被一起帶走了，對他們來說是個妨礙。」

西恩點點頭，他一直提着測試穿越遺痕的箱子，這是我們從技術科借來的，這台儀器能幫助我們準確捕捉出穿越者去到的年代和地點。當然，這要儘快完成，穿越痕跡隨着時間推延，也會越來越淡，直至消失。

我看着熱鬧的街道，看着商店裏進進出出的人，綁匪帶着派諾先生到達這裏，應該是有目的的，而不是隨隨便便地棄車，因為當時並沒有人對他們展開追擊。

「那一間麵包店——」我看到不遠處，一間商店關着門，還拉着簾子，「現在是營業時間，為什麼不做生意了？把門關起來了。」

16

「嗯，是有些奇怪。」張琳轉頭看看我，「等一下，我去問問。」

張琳邊說邊去了附近的店舖，我走到麵包店門口，透過縫隙向裏面看，看不太清，只能看見幾張桌椅。

這時，張琳匆匆跑了過來。

CHAPTER 2

斯塔比亞城

「我問了，旁邊咖啡店的老闆說麵包店是三天前關門的，麵包店老闆說有個大富豪看中了這家店，願意出高價錢買下這家店改為古董商店⋯⋯」張琳有些着急地說，「所以大富豪說先停業，他要派人研究店舖的改造設計，據說大富豪已經給了支票，麵包店老闆就同意了⋯⋯」

「三天前關門，第二天派諾就在這裏消失，一定有問題，支票應該是假的。」我說着看看西恩，「撞開門，我們去裏面看看⋯⋯」

「咣——」的一聲，我的話音還未落，西恩發力一推，門就被推開了。我們走了進去，裏面很昏暗，張琳把燈打開。從外表看，這就是一家很普通的麵包店，有櫃枱，有貨架，還有一些座椅。

「好像有焦糊味──」我吸了吸鼻子，説道，「穿越時發動能量會產生焦糊味，這裏是個密閉空間，焦糊味不容易散盡。」

張琳和西恩已經打開了箱子，從裏面拿出檢測探針，檢測探針通過一條電線和箱子裏的檢測儀相連。西恩拿着檢測探針走到櫃枱前，那裏有一大片空地，適合進行穿越。剛走到那裏，檢測儀上的兩個錶盤指針就彈了起來，西恩把探針放到地面上，錶盤指標瞬間就跳到了極限位置。

「取幾個數值，根據穿越通道動力測量，能確定他們到達了哪個時代。」西恩説着，開始把探針有選擇地放在櫃枱前的空地上，「也能確定他們去了哪個地區⋯⋯」

西恩用探針測試，張琳則在儀器前，調節着各個按鈕，我則在旁邊等待着，這是我們總部最尖端的設備，檢測精準度極高，操作並不複雜。

「公元前55年⋯⋯」張琳突然很是興奮地看着

儀錶盤上的電子顯示器，上面開始出現數值字母，「他們逃到了大概2200年前，古羅馬時代，他們的落地點是⋯⋯」

我也向儀錶盤的電子顯示器看去。

「拿坡里地區，啊，拿坡里地區的斯塔比亞城，他們沒有離開拿坡里——」張琳因為得到了具體數值，很是高興。

「他們只是躲避現代警察的追捕，所以使用了原點的穿越方式，只要離開這個時代，他們確實沒必要到其他地方去。」我在一邊分析道，「斯塔比亞在拿坡里地區的南邊。好，有了這麼確切的地點，找到他們就不難了。」

「我們馬上穿越過去。」西恩一邊説着，一邊開始收起儀器了。

「看你這麼心急。」張琳埋怨道，「就穿着這樣一身衣服嗎？我們三個出現在兩千多年前的古羅馬，不被圍觀那才怪呢，一旦被圍觀，消息傳出

去，我們就等於暴露了，他們還會穿越的。」

「啊，是呀。」西恩說着不好意思地笑了笑，「我太着急了。」

我們出來的時候，因為也不知道要穿越到哪個時代，所以沒有帶當時的服裝。現在，我們知道要去古羅馬時代，倒是比較簡單，我們請協助我們調查的警官幫忙準備一些布料，很快，張琳一番簡單裁剪，我們三個都穿上了古羅馬的衣服。

我們要沿着前一個穿越通道去追蹤綁匪，所以也要在麵包店裏實施穿越。陪同我們來的警官在麵包店外關上門，檢測箱也交給了他。我們走到櫃枱前的空地，我抬起手腕，對着手錶。

「總部時空隧道管理員，我是阿爾法小組051號特工，我和另外兩個同事申請開啟穿越通道，請輔助我們實施穿越。」

「我是001號時空隧道管理員，請問穿越方式。」手錶裏一個聲音問道。

「無限穿越。」

「穿越的時間和地點？」

「公元前55年羅馬共和國的拿坡里地區的斯塔比亞城。」

「同意穿越，你們落地時間預計為當地時間上午，你們需要特別留意以下事項：一，不許從穿越地帶回除任務要求外任何物品。二，不許改變歷史。三，不許利用已經獲得的歷史知識進行任何任務以外的行為。」

「明白。」

「五秒鐘後穿越通道開啟，請站穩！五、四、三、兩、一。」管理員說道，隨即，一個若隱若現的巨大管道出現了，這就是穿越通道。

我們進入管道，隨後站定。「轟──」的一聲，一道橘紅色的閃光從我們三個人身上滑過，霎時間，我們就消失在穿越通道中，大概過了幾分鐘，「唰──」的一聲，我們落地成功，我們看着

四周，落地點在一個灌木叢，遠處的北面有一座高山，而西面隱約可見一個小鎮。

「穿越成功。」我的手錶裏傳出一個聲音，「現在是在公元前55年4月3日上午的羅馬共和國斯塔比亞城，你們向西行走兩百米就是該鎮。」

「收到，謝謝。」我說道，「再見。」

「祝好運，再見。」

我們在灌木叢中稍微穩定了一下，觀察了外面的情況，外面是草地，四周沒有任何人，非常安靜。遠處的斯塔比亞城看起來也很安靜，風略微有點大，從我們身邊掠過，草地上的草隨風起伏着。

我們走出灌木叢，向斯塔比亞城走去，忽然，我一驚，我看着遠處的那座高山，那座山高聳入雲，氣勢磅礴。

「張琳，西恩，那座山就是維蘇威火山吧？」我指着那座山，求證似地問。

「沒錯，就是維蘇威火山，摧毀龐貝古城的

火山。」張琳說，「龐貝城就在北面，更加靠近火山，所以後來火山爆發的時候，龐貝城因為更近，被完全覆蓋了，斯塔比亞城則只是遭到比較嚴重的破壞，但整體情形比龐貝城好很多。」

「我是說，火山……」我繼續看着張琳。

「不會的，我知道你擔心什麼。」張琳有些嘲弄地說，「看你嚇得，我們來到的年代是公元前55年，龐貝城被摧毀是公元79年，差一百多年呢，看把你給嚇得。」

「就是，火山也不會天天都噴發。」西恩也笑着說。

「我這是謹慎。」我勉強笑笑，「我是分析大

師，必須謹慎。」

「好了，分析大師。」張琳直接地説，「馬上就要到城市裏去了，分析一下他們會去哪裏吧。」

「我知道。」我説道，張琳説的其實正是我一直想的，「兩個綁匪，帶着被綁架者，逃到這裏，城外難以生活，進城居住的可能性最大，所以，進城去問呀，這個時候的斯塔比亞城也不大，居民不到兩千人。」

「這樣的分析大師我也能當。」張琳一臉的不屑，「進了城就去問，這個誰都會。」

「那你説呢？」我反問道。

「我説你就不能分析一下，三個人藏在哪條街、哪個房子，我們去了把綁匪抓住，把派諾帶回來。」

「原諒我，沒有這麼強大的功能。」我沒好氣地説道，「就像你，看一眼綁匪，綁匪就倒地就擒，你要是有這本領，我就有你説的本領……」

26

「好啦，好啦，別爭了，進城了。」西恩在一邊勸道。

我們來到了斯塔比亞城的城門，這裏的外城是一道並不高的城牆，城牆有多個城門，因為這裏多年的安寧，沒有戰爭，所以城門口連一個士兵都沒有，進出城門的人也很少。

有人趕着一輛牛車走了出來，我們則大搖大擺地走進去，沒有人關注我們，我們的裝扮和他們一樣，在他們眼裏，我們就是三個普通的孩子。

斯塔比亞城裏也比較普通，有着一排排的房子，城市的中心地帶倒是有幾幢比較高大的建築，好像是他們的市政廳。街上行走的人也不多，整個城市給人的感覺就是安靜。

「怎麼辦？這個城市也不算大，橫豎也都有十多條街，我們去哪裏找？」張琳對我說。

「最原始的辦法。」我看看張琳，「去問。」

說着，我走進街邊的一間商店，這是一家食品

店，老闆無精打采地坐在裏面，看見我進來，也沒什麼表情。

「請問，這一、兩天有沒有三個人到了你們這邊，一高一胖，還有一個五十多歲左右的男子，棕色頭髮，大鼻子……」我走到櫃枱那裏，問道。

「沒看見。」老闆看都不看我，「沒注意。」

「那麼，如果有人到了這個城裏，都會住在哪裏呢？這裏有旅館吧？」我繼續問。

「沒什麼人到我們這裏，所以沒有旅館，路過的人要住旅館都會去前面的龐貝城，那裏比這大多了。」老闆在椅子上微微動了動身子，「要是住在我們這裏，有錢就買房子，沒錢就租房子，前面兩條街就是租屋牆，你們去那裏看看出租房屋的廣告，那裏經常還有幾個幫着租屋的人，不過要付佣金。」

「啊，謝謝，非常感謝。」我連忙說，隨後出了商店，張琳和西恩也跟着我出了商店。

「兩個綁匪短期躲在這裏，逃避追捕，他們的同夥在和派諾家人談條件，所以他們不可能在這邊買房子居住，他們會租屋。」我一邊向老闆指的位置走，一邊説，「古羅馬人會把一些廣告資訊發布在牆壁上，我們去那裏應該能查到一些線索。」

我們走了兩條街，來到一道牆的邊上，牆上貼着很多廣告紙，一層又一層的，都很舊了，上面的文字我們都看不懂，但是沒關係，我悄悄伸出手，把手錶的錶盤對着一張紙，錶盤上迅速飛過一行翻譯好的字——費拉尼大街11號，出租，兩個房間，每月租金五個第納爾*，請找房主奧里聯繫。

我用手錶對着那些廣告紙，一行行的字在手錶上飛，大部分廣告紙的內容都和租屋有關，有一張尋人啟事，還有一張出售陶罐的啟事。

*第納爾：羅馬共和國流通的銀幣。

29

CHAPTER 3

小利奧

「喂——新來的？」有個人從牆那邊走來，我們來的時候他就懶洋洋地坐在那邊，「是不是要租房子？」

「啊，來看看。」我對他微微點點頭。

「算你們來對了，恭喜你們遇到了我。」那人看起來也就十八歲，比我們大不了多少，非常瘦，他擺了擺手，「牆上這些房子就不要看了，應該都被人租走了，告訴你們，我可有好房子，住進我推薦的房子裏的人，全都發了財，不認字的全都認字了，娶不到老婆的人都娶到老婆了，不過你們不行，太小了……」

「不認字的全都認字了？」西恩疑惑地看着那個人，「你是説我們要住到學校裏去嗎？」

「噢，看看你這個理解力，我這只是一種比喻，我是説住到我推薦的房子裏，就能心想事成。」那人手舞足蹈地説，「你們説要租什麼樣的房子，在這裏等，我馬上去和房東聯繫，我的佣金很低，我的房子最多，我從事這個工作十年了……快去叫你們的父母來吧，找我小利奧就能找到你們想要的房子，快去，我叫小利奧，我一直在這裏。」

「小利奧先生，我們不租房子，我們是想找人。」我連忙解釋，他才多大呀，我才不相信他做這個工作有十年了，「有三個人，一、兩天前來的，一高一胖，還有一個五十多歲的男子，他們是不是租房子了？這個城不大，你又是租房子的，請問你知道嗎？」

「三個人？一、兩天前來的？」小利奧想了想，隨後點點頭，「一高一胖，一個五十多歲的男子，嗯，三個第納爾。」

「啊？我們不買賣奴隸。」西恩連忙擺着手說。

「誰和你買賣奴隸？」小利奧瞪大眼睛，「三個第納爾就想買三個人，你做夢呢？」

「那你……」西恩還是不太明白。

「告訴你們這三個人的去向，你們要給我三個第納爾，我不能白告訴你們呀，我小利奧可從來不做賠本的買賣。」小利奧眉飛色舞地解釋說。

我其實早就明白小利奧的意思了，我從口袋裏摸出來一些碎銀子，因為我們到達拿坡里時也不知道要穿越到那個時代，所以並沒有準備要去那個時代的貨幣，但是碎銀子在哪裏都是通行的，可以當貨幣使用，所以來之前我們預備了一些碎銀子。

我攤開手，伸向小利奧。小利奧兩眼放光，從我的手心裏挑了兩顆碎銀子，我手心裏有五顆碎銀子，小利奧倒不是很貪心，沒有把碎銀子全都拿走。

「這裏向北走，兩條街後右轉一條街，再向北兩條街後左轉兩條街……」小利奧很是滿意地看着碎銀子，説道，「房子是我介紹給那三個人的，他們説大概也就住一個月，本來想找個旅館的，可是我們這裏沒有旅館。」

「你確定嗎？是前一、兩天來的嗎？不要搞錯了。」我連忙説，「那個五十多歲的人沒有被捆綁着嗎……」

「具體説一天前來的，沒錯。他們還嫌那個房子有點小，不過最後擠一擠也就住下了。」小利奧説，他疑惑地看着我們，「五十多歲那個人被綁着？沒有，沒那麼誇張，只是那個人確實不太高興，他好像和另外兩人鬧什麼彆扭，喂，是那兩個人欠他錢嗎？」

「這個……差不多吧……」我很着急，沒時間和小利奧多解釋，「向北兩條街左轉？」

「是右轉。」小利奧連忙打斷我，「好啦，三

個第納爾，我帶你們去，你剩下那三個碎銀子就值三個第納爾。」

「噢，你還想着那三個碎銀子呢。」我連忙掏出三個碎銀子，遞給小利奧。

「沒問題。」小利奧滿臉高興，「走啦，我帶你們去，你們是親戚吧？你們親人相見，別忘了我喔。」

「啊……算是遠親吧，很遠……」我硬着頭皮說道，「那兩個年輕人的名字你知道嗎？」

「忘了，哎呀，我也不是他們的親戚，知道他們叫什麼幹嗎？」小利奧說，他揮揮手，催促我們立即跟他走。

這時，有個出租房屋的人走來，把一張出租房屋的廣告紙貼在牆壁上，然後就走了。小利奧本來想走，看見那個人貼廣告紙就站住了。我們則看着小利奧，等着他帶我們去找派諾，我確定小利奧說的三個人就是我們要找的兩個綁匪和派諾。

「等一下。」小利奧看了看我，説道。

張貼出租廣告的那個人走了，小利奧走過去，伸手就把出租廣告給撕了下來，拿在手上看了看，隨後把廣告紙放進口袋裏。

「嗯，又多了一套出租房子。」小利奧得意地説，隨後看看我們，「走吧。」

「你？你把人家的出租廣告撕下來當自己的資訊？」我指着小利奧，吃驚地説。

「為什麼這樣看着我，我要兩邊跑的，房東和房客之間，我只收一點點費用。」小利奧滿不在乎地説，「我也很辛苦的……」

「我説怎麼看不到新的出租房屋廣告呢，全都被你撕了。我説怎麼你要我們在這裏等，你去和房東聯繫，我們要是租房子，根本就看不到房東的廣告，廣告都在你口袋裏。」張琳瞪着小利奧，「這樣可不行——」

「我又沒偷又沒搶，房客最後也都找到了房

子，房主也都把房子租出去了，我在中間還跑來跑去也很辛苦的，很多時候不能一次就跑成的……喂，你們走不走？你們不走我不去了……」

「走啦，走啦。」我很是無奈，看了看張琳，壓低聲音，「先抓獲綁匪要緊，他這種耍小聰明佔便宜的事，以後再説……」

「走不走呀？」小利奧在一邊催促説。

「走啦，走啦。」我拍了拍小利奧，「不過你這樣做真的不好，以後可不能這樣做了……」

「這是我最近剛發現的商機，你以為在這裏那麼好賺錢？」小利奧一臉不屑地説。

「剛發現的商機？你不是有十年工作經驗？」西恩叫了起來。

「我就是隨便一説，十天，這是我十天前發現的商機……」小利奧揮着手説，「你們還真是認真。」

「你還是要去找個正經工作吧，把人家的廣告

藏起來變成自己的資訊收錢，這樣不好……」我繼續勸着。

我們此時確實很無奈，目前抓獲綁匪是最重要的，我們還要找個小利奧帶路。能讓我們有所滿意的，就是從開始查找綁匪穿越情況到現在，一切都很是順利，要是一會找到綁匪，成功抓到他們也應該不是問題。

小利奧一路上，倒是很熱情地向我們介紹斯塔比亞城，我們走了十多分鐘，大概都有走到城市最北邊了，小利奧指着前方。

「那座房子就是啦。」小利奧説道，「他們現在也許在吃午飯呢，哎——有人嗎——」

小利奧突然喊了起來，我連忙拉住小利奧，捂着他的嘴。

「不要叫——」

「為什麼？」小利奧努力掙脫了我，「你們不是親戚嗎？」

「我們⋯⋯」我想了想，「要給他們一個意外驚喜⋯⋯」

「噢，是嗎？」小利奧點了點頭，「也不錯，意外驚喜。」

「小利奧先生，謝謝你把我們帶來，我們自己去吧，你可以回去做生意了。」我說着話，眼睛一直盯着前面的房子，「噢，記得不要去撕人家的廣告紙啊，你要自己去找房源。」

「知道，知道。」小利奧有些不耐煩地說。

我招招手，帶着張琳和西恩向前走了兩步，距離那個房子不到三十米。

「如果聽到裏面有人，我們就馬上衝進去，動作一定要迅速。」我一邊走一邊小聲說，「進去後，張琳對付一個綁匪，我和西恩對付另一個，在極短時間制服他們，注意保護人質的安全。」

張琳和西恩都點點頭。我們快步來到房前，這個房子不大，一扇門的兩邊，各有一扇窗戶。張琳

快步來到左側窗邊，背靠着牆，我和西恩來到右側窗邊，也靠着牆。

有説話聲從裏面傳出來，但是很小，聽不太清楚。説明裏面有人，我對張琳點了點頭，對裏面指了指，張琳也點點頭。她走到門前，我們也向門那裏靠近兩步，我們要快速破門衝進去。

張琳抬腳要踢開門。她的腳剛抬起來，這時，門突然開了。

「我馬上回來。」一個人開門，隨後對裏面説，那個人突然看到張琳，張琳也驚呆了，那人立即反應過來，隨即關上門，「狄倫——好像是特種警察——」

張琳連忙推門，那人牢牢頂着門，張琳大叫一聲，雙手猛地一推，裏面那人抵擋不住，門「咣」的一聲，被推開了。

在裏面抵着門的那個人被撞倒在地，他掙扎着站起來，向張琳撲過來，張琳伸手就是一拳，那

人一擋，隨後揮拳打來，張琳閃過。我和西恩衝進去後，一左一右出現在那人身邊，想要幫助張琳展開攻擊，但是不用我們出手，張琳讓過那人的一拳後，揮手就打在那人的後背，那人叫了一聲，當即被打倒在地，痛苦地叫着，翻滾到一邊。

我們正要往裏面衝，要去解救人質，這時，一個高個子男子用一把匕首抵着一個人的脖子，從裏面的房間閃身而出。

「你們別過來，過來我就殺了他。」高個子男子瘋狂地喊着，我們認出了他，他就是綁匪狄倫，抵着門的胖綁匪是喬伊絲，而被挾持的人，無疑就是派諾了。

張琳站住了，我們也被迫站住。由於喬伊絲的意外外出，和我們遭遇，使得我們的突襲計劃失敗，沒有打對方一個措手不及。現在，綁匪挾持着人質，我們的進一步行動會使他下毒手，我們只能站在那裏。我們表明了特種警察的身分，但是他們

顯然只想着頑抗。

「狄倫，你不要亂來。」張琳大聲地説。

喬伊絲起身，來到了狄倫身邊，緊張又得意地看着我們，雙方暫時僵持住了。

CHAPTER 4

追蹤

「驚喜——」小利奧的聲音突然傳來。

小利奧滿臉喜色地從外面跳了進來，他的手裏還拿着一張廣告紙。他一進來就看到了兩邊對峙的景象，更看到了狄倫用刀頂着派諾，小利奧臉色一變，他愣在了那裏，不知道怎麼會是這樣的情況。

「你們……你們……」小利奧慌張地說，「你們先忙着，我先走了，你們忙，你們忙……」

「站住——」狄倫大喊一聲，瞪着小利奧，「要出去報信嗎？休想，你站在那裏——」

「啊——」小利奧被嚇住了，他本來往後退了一步，想出去，此時立即站住，驚慌地看着狄倫。

「你們都站在這裏，敢靠過來，我就把他殺了——」狄倫說着看了看喬伊絲，點了點頭。

「你們都不要過來呀──」喬伊絲指着我們，隨後轉身去開後門。

「你們不是親戚嗎？為什麼要殺了親戚？」小利奧很是不解地問，「喂，我說，為什麼用你們的親戚來要脅我，我和你們不熟的──」

「別說了──」西恩連忙對小利奧擺擺手，他很害怕狄倫做出什麼瘋狂的舉動，傷害了派諾，人質的安全是第一位的。

喬伊絲打開了後門，狄倫捏着派諾的脖子，用刀頂着他，隨後慢慢往後退。

「救、救命──」派諾恐懼地看着我們，哀求地說。

我們毫無辦法，狄倫和喬伊絲都是擁有穿越能力的人，攻擊力也不一般，派諾的生命此時就抓在他手上，我們只能眼睜睜地看着狄倫和喬伊絲把派諾挾持出去，越走越遠，最後拉着派諾轉身跑了，而且我們還不敢追趕。

綁匪很快就不見了蹤影，張琳焦急地向前走幾步，她看着空蕩蕩的街道，毫無辦法，轉過身來看着我們。

　　「怎麼辦呀？綁匪知道我們來了，帶着派諾不知道去了哪裏。」

　　西恩也看着我，當然，這是因為我是分析大師。可是事發突然，我也只是着急，我努力讓自己冷靜下來。

　　「嗯，你們的親戚跑了，親戚之間這樣很不好，很不好……」小利奧小心地看着我們，聳聳肩，「那麼今後再見了，我走了，我還要去做生意呢。」

　　「站住——」我大喊一聲，嚇了小利奧一跳。

　　「還有什麼事？」小利奧停住腳，看了看我。

　　「你怎麼來了？」我問。

　　「那三個人當初説這個房子有點小，我剛才撕下來的那張廣告紙説要出租的房子正好是個大房

子，我掏出來一看，就想過來問問那三個人要不要換個更大的房子，所以就來了。」小利奧很是無辜地説。

「告訴你，那三個人裏，有兩個人是綁匪，綁架了一個富翁，索要巨額贖金。」我看着小利奧，「我們不是親戚，我們是來解救那個富翁的……你不能走，你留下來幫我們，我們需要你指路，你是當地人，熟悉這裏。」

「綁架案嗎？」小利奧比劃着，「這事你們要去找治安官，你們這幾個小孩怎麼能對付綁匪呢？還要我幫忙？我打不過綁匪的，我從事的是依靠頭腦的工作，我要是力氣大、身體壯就去當武士了。」

「這事説起來複雜，即便是現在去找治安官，治安官來了，綁匪早就跑遠了。我們需要你來指路，綁匪可能去哪裏，你帶着我們去找一下……」我解釋説，我無法説自己是穿越來的，小利奧會聽糊塗的，我只能簡略地用小利奧能聽得懂的話來

説明。

「不行不行不行……」小利奧連忙擺着手，「那傢伙連刀都拿出來了，他們可是綁匪呀，我們打不過他們的，我可不敢去……」

「小利奧，被綁架的可是大富翁，要是把他救下來，你可就有錢了。」西恩在一邊説，「你想一想呀，你説我們打不過他們？那你看——」

説着，西恩在房間裏找了一根粗木棍，拿在手上，小利奧以為西恩要打他，嚇得連忙後退兩步。

「咔嚓——」一聲巨響，西恩一用力，粗木棍就被他掰斷了，小利奧大吃一驚，他沒想到西恩有這般的力氣。

「我們要是不夠厲害，為什麼逃走的是綁匪？他們可以打敗我們呀。」張琳在一邊進一步説，「你再想想，他們綁架的可是富翁呀，沒聽説誰會綁架窮人索要贖金，對吧？你救了富翁，啊，是吧，富翁能虧待你嗎？」

「這個——」小利奧兩眼放光，「是呀，你們說得沒錯。」

　　我吃驚地望着西恩和張琳，他倆此時也很是得意，很明顯，他們說動了小利奧。

　　「我可以幫你們，但是說好了，我可不會去和綁匪對打的，誰能掰斷木棍誰去。」小利奧比劃着說，「我就是指路，富翁被救下來，錢可不能少了我的……」

　　「你們才是分析大師呀。」我看着西恩和張琳，感歎地說道。

　　「投其所好。」張琳簡單地說。

　　「你們快說要求吧，我都等不及要掙錢了……啊，是去救人，我一貫樂於助人，我都被錢……啊，被自己感動了。」小利奧眉飛色舞地說。

　　「你看，從這裏向北跑，那就是出城了吧？」我指着門外問，門外大概一百多米就是城牆了。

　　「嗯，應該是出城了，既然你們這麼厲害，我

看他們也不敢在城裏待着了。」小利奧點點頭。

「那他們可能去哪裏呢？」我急着問，「這裏的道路你最熟悉，你出租房屋，一定到處都去。」

「向南、向東是大海，不會去，向西是大山，沒有路，他們也上不去。那就只有向北了，向北是……是……」小利奧説着，突然狡猾地笑起來。

「你把話説完，是哪裏？」張琳和西恩都着急了。

「我要是説了，你們不能自己去，一定要帶着我。」小利奧很是認真，「我怕你們自己把富翁救了，不帶我去，那樣我就沒錢拿了。」

「剛才你還不肯去呢。」我很是感歎小利奧態度變化之快。

「我想到被綁架的那個人，心裏就不能平靜，我想着讓他儘快回到家人身邊……」小利奧搖頭晃腦地説。

「停——停——」我連忙擺擺手，「我們一定

50

帶你去，我們對這邊的路完全不熟，有個本地人幫忙，那是最好的……」

「龐貝。」小利奧飛快地打斷了我的話，「他們有可能去北面的龐貝。」

「龐貝？就是那個被火山爆發淹沒的城市？」西恩連忙問。

「火山爆發？淹沒了誰？」小利奧愣住了。

「差一百多年呢。」張琳拉了拉西恩，「他哪裏知道龐貝被摧毀了。」

「你們在説什麼？龐貝怎麼了？」小利奧一臉的疑惑。

「我們是説，綁匪把人質帶到了龐貝，所以龐貝很危險了，綁匪可是很壞的。」我連忙進行掩飾，沒辦法，和穿越時代的人無法解釋我們是從未來穿越來的，這是我們經常遇到的問題，我們都盡量當着穿越時代的人談論已知的事件。

「綁匪來到我們斯塔比亞城就不會帶來危險

嗎？難道僅僅是我們的城市太小嗎？」小利奧此時倒是義正辭嚴的樣子。

「危險，一樣危險，所以我們要儘快抓到綁匪，解救人質。」我連忙説。

「那就快走，去龐貝，把人質救出來。」小利奧很是積極地説。

我們離開了斯塔比亞，向北面的龐貝城進發。小利奧説，斯塔比亞城到龐貝城距離大概是七個羅里，我換算了一下，大概是十公里。我們大概三個小時就能趕到龐貝了，希望兩個綁匪帶着派諾到了龐貝後，不要又離開了。

出了城，我們走上一條不寬的小路，路上沒什麼人，路的兩邊都是荒地，向西看一片平原，向東看能看到不遠處的高山。

「只有這條路，向西是大海，向東是高山。」小利奧比劃着介紹説，「他們出城，一定會走這條路的，因為別的地方無路可去。」

「那我們沿着這條路追下去，多久就能追上他們呢？」西恩加快步伐，像前面看着。

「派諾年紀大了，走路比較慢，我們有可能在他們到達龐貝城前追上他們。」我大概計算了一下，「不過千萬不能讓他們發現，否則又要用匕首挾持派諾威脅我們，我們要悄悄地靠近，發動突然攻擊。」

「剛才要不是那個胖喬伊絲正好出門，我猛衝進去，就能把兩個綁匪全都打倒。」張琳很是遺憾地說。

「我說你們，走得慢一點呀，我都趕不上你們了。」小利奧在後面抱怨起來，他被我們拉開了好幾米遠。

「早點找到大富翁，早點拿到錢喔。」張琳回頭看看小利奧，故意地說。

「啊，對了。」小利奧聽到這話，立即加快了腳步，「我說，你們是怎麼找到這件好事的？救一

個大富翁，你們今後都不用工作了，我們這裏怎麼就沒有大富翁被綁架正好被我遇到呢，不過遇到你們也不錯，大富翁的答謝費我們平分⋯⋯」

「快走，快走。」張琳催促道，「你的話可真多⋯⋯」

「你們到底從哪裏來的呀？是米蘭嗎？我覺得你們的口音是米蘭口音。」小利奧繼續説着。「儘管我從沒去過米蘭，有了錢我一定去一次⋯⋯」

我們可不是從米蘭來的，也不是米蘭口音。小利奧亂猜我們是從米蘭來的，原因是他從來就沒有去過米蘭。不過我也沒法和他解釋我們到底是從哪裏來的。

CHAPTER 5

一張貼紙

「錯了——錯了——」小利奧突然對着走在最前面的西恩叫了起來，「那條路是去山腳下的，這條是去龐貝的，你走錯路還是要返回來……」

西恩連忙走了回來。我們請小利奧指路，確實是對的，這樣會使我們少走很多冤枉路。通向龐貝城的這條路，行人實在太少，路都不好問，我們走了這麼半天，才有兩、三個人迎面而過。

我們快步向龐貝城走，走了將近一個小時，路邊才出現一個小村莊，我們都有些累了。在路邊的水井打了一些水上來，喝了以後，感覺好了一些。我們繼續趕路，又向前走了幾百米，西恩差點又走進一條岔路，小利奧說，這條岔路是通往海邊的。

我們想着一定要在綁匪到達龐貝城前追上他

們，否則他們要是隱匿進了上萬人口的龐貝城，可就不好找了。這時候，我們的對面忽然走來兩個和我們年齡相仿的男孩，他們的雙目明顯充滿了恐懼，臉色很是緊張，他們匆匆地走了過來。

「噢，真是悲慘——」小利奧看着那兩個人，忽然說。

「怎麼了？」我連忙問。

兩個人從我們身邊匆匆地走了過去，我看到其中一個人的胳膊上，有一個三角形的印記。

「他們是……」我看到那個印記，忽然想起了什麼，再聯想到他們那驚恐的臉，我猛地確認，那兩個人應該是兩個奴隸——我們來到的古羅馬時代，是有奴隸的。

「兩個逃跑的奴隸。」小利奧在一邊隨口說，「噢，祝願他們能跑得遠一點，不過很難呀。」

「他們真的是奴隸？」我自己確認了，但是僅憑推論，我還要向小利奧求證。

「手上有印記呀，奴隸才在手臂上烙那種印記。」小利奧比劃着說。

「為什麼是逃跑的奴隸？」我又問，「你可沒有看見他們逃跑呀。」

「臉色慌張呀，關鍵是……」小利奧頓了頓，「這個時間，正是奴隸勞作的時間，不可能在大街上閒逛。」

「他們真是可憐，一定是遭到了什麼不公平的待遇。」張琳很是同情地說，「這麼小就當了奴隸。」

「看，追捕的人來了——」小利奧望着前方，忽然說。

前方，有一輛馬車疾駛而來，馬車上有兩個人，一個在駕車，另一個拿着長矛，是兩個羅馬武士。戰車轟鳴着，由遠及近，我們頓時都緊張起來。我感覺這兩個羅馬武士就是來追捕那兩個奴隸的。

馬車來到我們面前，停了下來。拿着長矛的武士看着我們，我們也停下來，我們三個都緊張，小利奧倒是一副無所謂的樣子。

　　「你們幾個，看到兩個男孩了嗎？」手持長矛的武士很是兇悍地瞪着我們問，「年齡和你們差不多。」

　　「好像去那邊了——」我指着通往大海的那條路，其實兩個奴隸是逃往斯塔比亞方向的，我故意把兩個武士引向錯誤的方向。

　　「那邊？」武士望着那條岔路，有些疑惑，「那邊好像是通往海邊……」

　　「也許去看海。」小利奧說。

　　「你們這幾個人——」武士說着從馬車上跳了下來，他一直死死地盯着我們，我們也不知道他要幹什麼。

　　武士走到我們身邊，駕車的武士也跳下車，跟在那個武士身後。現場的氣氛很是緊張。

「我是龐貝城的治安官，我在追捕兩個逃跑的奴隸。」武士説着站到了我的身邊，「你們是哪裏來的？幹什麼去？」

「我們……」我説着頓了頓，想着怎麼和他解釋，我們的任務是去解救人質，可不能在這裏耽誤時間。

「我們都是羅馬的自由公民，我是斯塔比亞人，他們是米蘭人，我們都不是奴隸。」小利奧接過話説。

「我們……」我有些着急了，我從沒和小利奧説我們是米蘭人，一切都是他自説自話，他還説我們和綁匪是親戚，真是拿他沒辦法，可是又不能解釋。我看着武士，有點張口結舌了，「我們……」

「什麼？你要説什麼？」武士狠狠地瞪着我，「你就是逃跑的奴隸吧？」

「不可能，我們怎麼會是奴隸，你去斯塔比亞問問小利奧是誰，我可是斯塔比亞的生意人呀。」

小利奧說着把胳膊伸出來，隨後捲起衣袖，「你可以檢查呀，我們可是都沒有奴隸印記的。」

看到小利奧的舉動，我也連忙伸出了手，捲起衣袖，讓武士看到我沒有奴隸的標記，否則真要被他當逃奴，不知道要抓到什麼地方去呢。如果進行抵抗，又會引起麻煩，耽擱追捕綁匪的時間。

張琳也伸出了手臂，武士看都不看張琳，逃走的是男奴，這點武士非常清楚。其實他也沒有去看小利奧的手臂，逃奴的年齡和我相仿，他關注的是我和西恩。

武士走到了西恩身邊，西恩低着頭，雙手下垂，默不作聲。

「西恩，給他看看。」我在一邊提醒着，「看看就沒事了，我們還有事的。」

「嗯——」西恩繼續低着頭，不知為什麼，西恩不願意把手臂伸出來。

「讓我看看你的手臂——」武士對着西恩吼叫

起來。

西恩哆嗦了一下，隨後很是不情願地抬起手臂，我和張琳都很奇怪，西恩不可能是奴隸呀。西恩伸着手，那個武士急不可待地拉起西恩的衣袖，猛地，我們都看見，西恩的手臂上有個東西。我大吃一驚。

「這是什麼——」武士喊了起來。

「海綿寶寶……」西恩小聲説，「海綿寶寶貼紙，我貼上去的。」

「什麼海綿寶寶？你説什麼呢？」武士大聲地喊着。

西恩把海綿寶寶貼紙從手臂上拿下來，展示給武士看。我看清了，那是一張卡通貼紙，明顯是西恩沒有撕下，從現代帶到這古羅馬時代的。

「海綿寶寶是個卡通人物，還有派大星，章魚哥……」西恩説着用力地晃動着手上的貼紙，「你看，這是可以撕下來的，隨便貼在什麼地方，你要

是喜歡就送給你了，我真的不是奴隸……」

「這、這、這……」武士把貼紙拿過去，反覆看着，貼紙黏在他的手指上，他用力撕下來，他可是從來沒有見過這個，「這是什麼東西……」

「就是我們米蘭那邊小孩子玩的東西，可以貼在衣服上，也可以貼在牆壁上，算是一種裝飾。」我走過去說，「奴隸的印記都是烙在手臂上的，不可能這樣隨意取下來。」

「米蘭人的生活就是浮誇，就是奢靡，總是弄這種怪裏怪氣的東西，連小孩子都是。」武士說着把貼紙用力貼在西恩的肩膀上，這下他倒是相信我們不是逃奴了。

「這到底是什麼怪東西？」小利奧也好奇地湊近西恩，他也沒見過卡通貼紙。

「你們確信那兩個逃奴，就是那兩個孩子去海邊了？」武士說着話，已經向馬車走去了，看來他放過我們了。

「是的，他們就從那條路走了。」我指着通向海邊的岔路說。

　　兩個武士上了車，理也不理我們，駕車去了通向海邊的岔路。

　　「西恩，你搞什麼？」張琳走過去，教訓起來，「我剛才都準備把你救下來了，我還以為你要被他們帶走呢，你手臂上怎麼有東西？」

　　「還說呢，都怪你，你給我吃的餅乾包裝上有卡通貼紙，我隨手就貼在手臂上了，忘了拿下來就到這邊，你們都伸手臂的時候我才想起手臂上還貼着貼紙呢。」西恩氣呼呼地衝着張琳抱怨起來。

　　「怎麼還埋怨起我來了？我可沒有讓你把貼紙貼在手臂上。」張琳也生氣了，她瞪着西恩。

　　「嗨，什麼叫餅乾？什麼叫貼紙？」小利奧說着把西恩肩膀上的貼紙拿下來，貼在自己的手背上，「海綿寶寶是誰？就是這個傢伙嗎？你們米蘭怎麼總是弄這些新鮮玩意？」

64

「好了，好了，都不要吵了。」我在一邊勸阻着西恩和張琳，「總算沒什麼事情發生，我們可是有任務的，不要在這話題上吵來吵去了。」

「誰願意和他吵？」張琳把頭轉向我，「不過耽誤了這麼長時間，我們在路上追不上綁匪了。」

「哎，我也是這麼想的，看來要去龐貝城找他們了。」我説着揮揮手，「我們快走吧，不管怎樣，還是要去追他們。」

「嗨，這個誇張的傢伙怎麼是方塊形狀的？」小利奧把海綿寶寶貼紙又貼在了另一隻手的手背上，他對那張小小的貼紙很是好奇。

我們繼續趕路，我向岔路那邊看了看，武士們已經沿着岔路走了，我又看看身後，但願那兩個逃奴逃得越遠越好。

繼續追趕綁匪，我判斷在路上的確追不上他們了，向前又走了一個多小時，距離龐貝城已經很近了，路上的人也多了起來，有從城裏出來的，也有

要進城的。

　　「龐貝城有旅館吧？」我問身邊的小利奧，他一路上都很關注那張貼紙。

　　「有，龐貝城比我們斯塔比亞大多了，什麼都有。」小利奧說着晃了晃手背，「不過沒有這方塊形狀還有手有腳的傢伙。」

　　「我們要一家一家旅館去查問了。」我說道，「他們到了龐貝城，總要有個落腳的地方。」

CHAPTER 6

龐貝城的大劇院

　　不遠處，一座城市的輪廓清晰地出現了，城市有着石頭城牆，城裏一些高大建築聳立着。這就是著名的、毀於一場火山爆發的龐貝城，而摧毀這座城市的維蘇威火山，我們也能看見，火山就在龐貝城的身後，隨時要吞噬龐貝城一樣，儘管我們知道，從我們此時所處的年代算起，要一百多年後維蘇威火山才會猛烈噴發並覆蓋龐貝城。

　　龐貝城的城門，有兩個武士把守，不過他們應該只是象徵性地站在那裏，並沒有檢查那些進進出出的人。我們進了城，跟斯塔比亞城相比，這裏真是熱鬧非凡，街上是車水馬龍，小販的叫賣聲也此起彼伏的。龐貝城的建築也是接連成片，高大壯觀。

　　「他們應該也是從這個城門進來的，那麼小利

奧，距離這裏最近的旅館在哪裏？」我看着四下，問道，「你熟悉這裏吧？」

「熟悉，我經常來，前些年還在這裏住過半年。」小利奧説，「旅館一共有七、八家，大的有三家，距離這裏最近的……嗯，里米多旅館。」

「那就先去那裏，你帶我們去。」我連忙説。

小利奧帶着我們穿行在龐貝城的街巷，街道上行走的人們都顯得那麼神采奕奕，從穿着打扮看，他們的生活也是比較富足的，但是一百多年後，這個城市就要發生一場毀滅性的災難。當然，我們眼前看到的這些人，不可能經歷那場災難。

小利奧突然站住，指着幾十米外的一幢三層高的大房子，説這就是里米多旅館。我們都站住，並且有意識地走到旁邊的巷子裏，如果綁匪帶着派諾真的住進這個旅館，也有可能從窗口看到我們的。

「張琳，西恩，你們在這裏監視着大門，」我看看張琳和西恩，「我和小利奧過去問問，看綁匪

是不是住進去了。」

我和小利奧把衣服上的披巾蓋在頭上，防備被綁匪認出來，我們快步來到旅館門前，旅館裏有兩個人走出來，但不是綁匪。我們向裏面看了看，走了進去。

一進旅館，就是一個大廳，大廳外面有一張石頭枱，很長，枱後面坐着一個人，是個年輕人，懶洋洋的，那樣子，居然有點像我身邊的小利奧，小利奧自己看到那人，也有點吃驚。

「你好。」我走過去，小心地說。

「住店嗎？大房間每天五個第納爾，小房間三個第納爾。」那人漫不經心地說。

「不好意思，我們不是住店，我想問一、兩個小時前，有沒有三個人，一高一胖，還有一個五十多歲的人，在你們這裏住下？」我連忙解釋說，同時警覺地看着四周。

「一、兩個小時前嗎？」那人忽然坐好，認真

起來。

「是的。」小利奧搶着説。

「噢，你和我很像呀。」那人看着小利奧，笑了，「我們好像失散多年的兄弟呀。」

「確實有點。」小利奧此時也沒有心情和他説這些，「只不過我確信沒有什麼親戚在龐貝，我住在斯塔比亞。」

「我也不是龐貝人，我是來這裏賺錢的。」那人聳聳肩。

「我們想知道有沒有三個人……」小利奧急着問。

「噢，你説那三個人，來過，沒住下，又走了。」那人的語氣又變得漫不經心了。

「啊？去哪裏了？」我連忙問，聲音也大了。

「三個第納爾。」那人忽然眼睛看着上面，有些得意洋洋。

「你是要錢嗎？」小利奧很是不高興，瞪着那

人問。

「當然，我沒必要告訴你們他們的去處，你得付錢我才説。」那人晃了晃腦袋。

「哇，和你樣子差不多的人都喜歡付錢回答問題。」我看着小利奧，「這可不好。」

「不能因為長得和我差不多，你就學我。」小利奧瞪着那人，憤怒地説。

「你們説什麼呢？我學你什麼了？」那人倒是一臉詫異，「想知道你們要找的人的去處就付錢，不想知道就走。」

「想知道。」我拿了幾個碎銀子，放到枱上。

「嗯……」那人看了看碎銀子，大概值三個第納爾，很是開心地收起碎銀子，「那三個人中的胖子要住這裏，高個子一直在勸他不要住這裏，歲數大的人不説話，就站在旁邊，高個子説什麼住旅館還有可能被找到，住在龐貝城裏都有可能被找到，胖子最後被説服了，他們三個就走了。」

「説去哪裏了嗎？」我當然想知道三個人最終去了哪裏。

「沒説，就説住在城裏也會被人找到？應該説的就是你們吧？」那人搖頭晃腦地説，「很奇怪呀，被你們找到有什麼？他們三個大人還怕你們兩個孩子嗎⋯⋯」

「還説什麼了？」我打斷了他。

「沒有，我希望他們多説一些，這樣我得到的錢會更多一些，可是我不能亂編，我這人很誠信的，不會亂編他們沒説過的話。」那人的樣子居然很是認真。

「哇，我們還要感謝你是嗎？」小利奧大聲地説，「喂，你沒説出三個人的去處，退我們兩個第納爾——」

「不可能。」那人捂着口袋，「給了我就是我的，別想拿回去。」

我拉着小利奧往外走，我可不想多在這裏耽

誤時間。小利奧還想和那人爭辯，但是被我硬拉走了。

我們來到巷子口，張琳和西恩看到我們回來，鬆了一口氣，他們都想去找我們了。我把問來的情況告訴了他們，他們很是惋惜，我們就晚來了一個小時，現在綁匪帶着人質不知道哪裏去了。

「他們應該離開了龐貝城，高個子的狄倫很狡猾，說服了喬伊絲。」我努力地分析着，「要是按照喬伊絲的想法，我們已經找到他們了。」

「不會去了拿坡里吧？」小利奧在一邊提醒道，「再往北就是拿坡里了，沒有別的城市了。」

「短時間內，我判斷他們不會離開得太遠。」我搖了搖頭，「你走了這麼長時間，應該很累了，反正我很累了，喬伊絲有點胖，想住進旅館一定因為走路時間長，太勞累了，所以他們馬上去拿坡里的可能性不大。」

「有道理。」張琳連連點着頭，「那他們會去

哪裏呢？」

「我想想……」我説着低下頭，估算起來，狄倫看起來最狡猾，一定會按照他想的，在龐貝城都很危險，可能被我們找到，所以會把他們帶出城。

街上的人走來走去，沒人注意我們，而我卻注意到不遠處的一幢高大建築，那座建築很是宏偉壯觀，外觀類似羅馬的競技場。

「那座建築是……」我看看小利奧，指着不遠處的建築問。

「龐貝城的劇院。」小利奧説，「現在沒有表演，而且我們要去救那富翁。」

「可以上去嗎？」我指着拱形的廊柱問，「有演出還要買票，沒演出更好，我們不是去看演出的，我要上去看看龐貝城周圍的情況。」

「可以，沒演出隨便進，裏面就是空蕩蕩的石頭座位。」小利奧點了點頭。

我揮揮手，帶着他們向劇院走去。劇院的門洞

74

開着，裏面沒有一個人。的確，沒有演出的時候沒人會進到這冷冰冰的石頭建築裏。我們走進門洞，一進去就看到一個上樓的樓梯，我們沿着樓梯一路走到三樓，我們在拱形廊柱下，沿着環形廊柱行進，俯看着一覽無餘的龐貝城。

龐貝城的南面，是我們剛才進城的地方，西面是大海，東面是荒地，我看到龐貝城的北面，有一個小小的村落，就在維蘇威火山的腳下。

「他們會不會躲到那個小村莊去了？」我判斷說，「龐貝城周邊，只有那個村莊，他們要是不住在城裏，出城只有那個村莊，或許他們在那裏暫時休息，從那裏去拿坡里也方便。」

「嗯，有可能。」小利奧說，「據我所知，那個小村莊好像叫亞維林。」

「那我們快去。」西恩忙不迭地說。

「等一下──」張琳突然叫了起來，她遙指着維蘇威火山，「你們看呀，火山口有少少的白煙冒

出來——」

遠方的維蘇威火山山口，的確有白煙冒出，非常淡，但是能明顯看到。

「是火山噴發嗎？」西恩害怕起來，「摧毀這座城市的火山要一百多年後才噴發呢。」

「摧毀城市？什麼城市？」小利奧聽不懂西恩的話，連忙問。

「小利奧，我和你説，你以後要是有子孫，叫他們千萬不要住到龐貝城裏來，你還要去告訴龐貝城裏的人，一百年後全都離開這個城市，因為到時候維蘇威火山會猛烈……」西恩脱口而出。

「啊——」西恩叫了一聲，頭眩地轉，站立不穩，差點摔倒。我和張琳連忙扶着他，我們知道，西恩觸犯了穿越守則，試圖改變歷史結果，結果有了這樣的反應。

「你觸犯了穿越守則了。」張琳提醒着，「你要是再多説，你會被拋回去的。」

「我、我……」西恩連忙擺着手，「不説了，不説了。」

「為什麼不説？」小利奧急了，「你們都在説什麼呢？你們這些米蘭人怎麼這麼怪？」

「他就是怕那火山爆發，你看，那個火山冒出白煙了。」張琳連忙掩飾，「別的沒什麼，也許我們就是有點怪。」

「那裏經常冒白煙，有什麼可怕的？」小利奧比劃着説道。

「維蘇威火山是一座活火山，所以經常會冒出白色煙霧。」我跟着解釋，「並不是説只要冒白煙就一定火山爆發。」

「那就走呀。」西恩説着就向樓梯走去，「再不趕快去，綁匪可能又離開那裏了。」

CHAPTER 7

人質的否認

我們下了樓梯，出了劇院，向龐貝城的城北走去，穿過大街小巷，我們很快就出了城，前面的小村莊還看不清楚，但是高大的維蘇威火山看得一清二楚，由於距離更近了，火山口冒出的白煙也看得更清楚了。龐貝城的人對此顯然是見怪不怪了，就像是什麼都沒發生一樣。

我們向小村莊的方向走去，很快，被稱作亞維林的村莊出現在我們面前，這是龐貝城北唯一的村落，距離龐貝城北大概有三、四公里，整體看村落很小，房屋也都低矮，沒有什麼人走動。

「快——快——」我催促道，「到了村落旁邊，我們快速突入，這樣一個小村子，我們挨個房間看，發現目標就突襲，動作一定要迅速，不能再

讓綁匪挾持人質要脅我們了。」

　　我們快步來到村口，只見村口站着一個人，他在一塊平板上作畫，畫的正是不遠處的維蘇威火山，他很認真地畫着，他的畫板上，放置着說不出名字的顏料塊，而調和顏料的，是水。

　　「畫家先生。」我停下來，我想順便問一下情況，「請問有沒有看見三個人進了村子，大概一小時前，一個是高個子，一個有些胖，還有一個五十多歲的人。」

　　「是有這麼三個人。」畫家先生大概三十多歲，相貌和藹，「剛進村沒多久。」

　　「啊，謝謝。」我連忙道謝，隨後轉頭看着西恩他們，「走，快走——」

　　「啊，那個——」西恩指着前面，愣在了那裏。

　　我不知道西恩為何發愣，順着他手指的方向看過去，只見村口那裏，距離我們也就不到五十米，

派諾先生就站在那裏，他正看着遠方的維蘇威火山。派諾先生的身邊並沒有那兩個綁匪，他就那麼專注地站在那裏，完全沒有被挾持，但是他並沒有跑。

「派諾先生──」我也先是一愣，但是這樣的好機會不能錯過，也許綁匪就在附近，我們要先去救下派諾先生，再去抓兩個綁匪，我快步衝了過去，邊跑邊招手，「來這裏，派諾先生──」

派諾先生聽到了我的話，他轉頭看到了我，也是一愣，不過他並沒有跑向我們，他見過我們的，也知道我們是來救他的，但是他還是站在那裏。

張琳速度最快，很快就跑到派諾先生身邊，抓住了他的胳膊，隨後我也跑到，站在派諾先生身邊。

「發財啦──發財啦──」小利奧歡笑着，在派諾身邊轉了兩圈，「這回可發財了──」

「派諾先生，你安全了──」西恩拉着面無表

81

情的派諾，「那兩個綁匪呢？逃跑了？」

西恩的話音剛落，村口一座距離我們大概十米的房子門打開，兩個人從裏面走了出來，我們一看，正是狄倫和喬伊絲。他倆看到我們，也都一愣，奇怪的是，他倆並沒有急着逃跑，而是站在那裏。

「綁匪——」張琳和西恩快步衝上去，一人對付一個，先是用拳猛地攻擊，兩個綁匪閃開，但隨即被張琳和西恩各抓住一個。

這時，五、六個村民走過來，吃驚地看着張琳和西恩各抓住一個綁匪。綁匪並沒有大力掙扎。

「為什麼抓我們？」狄倫説，他的樣子好像受了很大委屈一樣。

「這幾個孩子還真是很厲害呀，把大人都抓住了。」一個村民在一邊，好奇地説。

「你們是綁匪——」張琳抓着狄倫。

「我們是好人，不是綁匪。」狄倫淡淡地説。

「派諾先生，快點告訴大家，是他們綁架了

你。」我連忙叫派諾拆穿綁匪的話。

「他們沒有綁架我，我們是一起的。」派諾冷冷地説，他毫無表情。

我們幾個全都愣住了，不知道派諾怎麼會這麼説。狄倫和喬伊絲則面有喜色，得意地看着我們。

「派諾先生，是不是他們威脅你了？」小利奧衝過去，激動地拉着派諾，「剛才我還看見了呢，他們用匕首威脅你，可是你看看，他倆都被我們抓住了，沒辦法威脅你了，我們能保護你，你不用害怕的。」

「我們是一起的，他們不是綁匪，我沒有被綁架。」派諾依舊很是平靜，語氣還是那樣冰冷。

「聽見了嗎？」狄倫冷笑起來，「派諾先生現在可是距離我們好幾米，我們還被你們糾纏着，他要是想跑早就跑了……我們怎麼會是綁匪呢？」

「我要去叫治安官——」小利奧大叫着，「我剛才看見你們挾持派諾先生了——」

「叫誰來都一樣，派諾先生沒說我們綁架了他。」喬伊絲在一邊說，說完還笑了笑。

「這幾個孩子，就會亂鬧。」一個村民搖着頭說，「哎，他們要是綁匪，能被你們兩個小孩子抓到？一個還是女孩……」

「哇——哇——」西恩在一邊大叫起來，「他們真的是——」

「鬆開我們——」狄倫威脅地說，「再不鬆開，我們可要請人去報告治安官了，治安官來了，把你們全都抓起來。」

西恩和張琳很是無奈地鬆開了狄倫和喬伊絲，如果硬要帶走他們，他們不僅是要抵抗，圍觀的村民也會幫助他們。我們幾個此時全都非常的困惑，派諾明明能受到我們的保護，但是就是堅稱狄倫和喬伊絲不是綁匪，我們實在不知道到底發生了什麼。

村口畫畫的畫家也收起畫板，走了過來，他也

站在村民身邊，好奇地看着我們。

「派諾，我的朋友，我們一會吃點飯，你要去那火山，就去看看吧，我們可以陪你上山，不過你要到山頂去，那麼高的山，上到一半可能就天黑了。」狄倫走到派諾身邊，關切地説。

「那我們可以明天去，今天我在山腳稍微爬上去一些，簡單看看。」派諾説道，他對狄倫的態度看上去很是平緩。

「我們先回去吧。」狄倫對派諾説，説完還故意看看我們。

派諾和狄倫、喬伊絲走進兩人剛出來的房子裏，我們幾個愣愣地看着這一切，不知道為何就這麼一點時間，他們三個居然「親如兄弟」了。

「那、那裏是他們的家嗎？怎麼他們會住進那裏？」我拉着一個年老的村民，急忙問道。

「那是他們剛租下的，我們這裏空房子很多，很便宜。」村民説。

「我們也要住下，看着派諾。」我連忙對張琳他們小聲說，我們當然不能就這麼離開，派諾順從兩個綁匪，一定有什麼蹊蹺，我們要揭開這個謎，解救派諾。

張琳他們都點點頭，張琳始終看着那個房子，唯恐綁匪帶着派諾跑了。

「先生，這附近還有房子嗎？我們也要住到這裏來……」我又問那個年老的村民。

「和我住在一起吧。」村口那個畫家聽到我的話，說道，「就在前面，我一個人住也沒什麼意思，那個院子空着兩個大房間呢。」

「啊，前面嗎？」我連忙看着畫家，微微鞠躬，「謝謝，太感謝了，是哪個房子？」

「跟我來。」畫家揮揮手，「向前走，不到二十米。」

我們連忙跟上畫家，我們住的地方，要能監視到狄倫和喬伊絲，不可能離得很遠。結果畫家把我

們帶到了狄倫和喬伊絲斜對面的房子，距離不到十米，我們連忙答應住下。

「我們這麼多人，租金完全可以讓我們來付，謝謝你幫忙找這個地方。」我邊走邊和畫家説，隨後示意西恩在門口監視着對面，所以西恩沒有跟進去。

「我已經付了半個月的錢了，你們要是短期居住，不用再付房租了。」畫家和藹地説，「這個村子大都是老年人和孩子，年輕人都在龐貝城裏工作，不經常回來，所以空房子特別多，租金也非常便宜，你們不用客氣。」

「噢，真是不好意思。」我連忙説，「那麼，你是怎麼住到這裏的？」

「我叫安東尼庫蘭木魯普米，我是畫家，接到龐貝城拉方提老爺的訂單，他要一組龐貝風景畫，我就來到這裏，向北可以畫維蘇威山，向南可以畫龐貝城外景。」畫家微微一笑，「所以就住到這裏

了，我的創作要半個月，我才來三天。」

「噢，明白了。」我點點頭，「你的名字是安東尼庫蘭……好長呀，我們就叫你畫家吧，我叫凱文，這是我的朋友，小利奧和張琳，門口的那個人是西恩。」

「嗯，很好，很高興認識你們，這裏的村民也嫌我的名字長，都叫我畫家。」畫家説着又笑了笑，「看上去你們和新來的那三個人有些衝突呀，不是我囉嗦，你們幾個小孩子和那幾個大人能有什麼衝突？還説他們是綁匪。」

「這裏面……那兩個年輕人是有問題的，那個派諾是個好人，可是現在……」我有點着急了，這個問題似乎沒法很好地解釋，「哎，很難説清楚。」

「好了，我不多問了，小孩子，不要去招惹大人。」畫家看出我很着急，聳聳肩，隨後指了指院子裏的另外兩個房間，「你們可以住那裏，家具什

麼的都很全，要是吃飯，村子裏倒是有個小飯館，我可以帶你們去。」

「謝謝，謝謝。」我們連忙道謝。

「你們先去休息一下吧。」畫家説，「晚上可以過來聊天，晚上的油燈光線暗，無法畫畫，只能坐在房間裏，太沒意思了。」

「好的，我們可以過來。」我説道，「那麼一會見了。」

我們來到一個房間，房間裏的家具簡單，不過很是整潔。西恩還在門口觀察着對面的情況，我們在房間裏也都坐卧不寧的，我再想怎麼處理這個突然的情況。

「乾脆，我們突然衝進去，把他們都帶回去，我能拼得過狄倫和喬伊絲。」張琳揮着手，有些激動。

「不行，我們去帶走他們，反倒會變成『綁匪』了，他們會抵抗，一旦叫起來，周圍的村民一

定向着他們。」我搖了搖頭，說道。

「帶走他們？」小利奧有些着急了，「把他們帶到米蘭去嗎？你們要扔下我嗎？參與營救富翁我可有份的，酬金不能你們獨吞，有我一份，要不是我把你們帶來⋯⋯」

「好啦，你就不要再這裏添亂了。」我不高興地看着小利奧，「現在關鍵是要弄清楚，他們怎麼突然就變得友好了，派諾可是被綁架來的。」

「受到什麼威脅了吧？可是，派諾有機會跑的。」張琳喃喃地說。

「所以要盯住他們，他們看上去倒是很悠閒，也沒急着逃跑，不管怎麼樣，盯着他們，一點點想辦法⋯⋯」我慢慢地說，我一直在推斷具體是哪個環節出現了問題。

「他們出來了──」西恩的聲音從院子門口傳來，好像是受到驚嚇一樣。

我們立即衝出去，跑到院子門口，通過門的縫

隙向對面看去，只見派諾和狄倫走出了大門，向北走去，喬伊絲並沒有跟着去。狄倫和派諾一路上走着，還説着話，明顯不像是綁架者和人質的關係。

「跟上——」我看看張琳，又看看小利奧，「你和西恩在這裏繼續盯着喬伊絲，我和張琳去跟狄倫和派諾。」

CHAPTER 8

登山

我們做了分工，我和張琳推開門，悄悄地跟了出去。狄倫和派諾大搖大擺地在街上走着，派諾的步伐較快，狄倫緊緊地跟在他身後。我和張琳距離他倆有五十米的距離，眼看着他們從村子的北口出去，隨後就向那冒着白煙的維蘇威火山走去。

村子就在維蘇威火山的山腳下，一出村其實就開始爬山了。我們仰望着維蘇威火山，這座山的整個山體，大概有三分之二覆蓋着植被，看上去綠油油的，但是山頂等三分之一的面積是黃褐色的，沒有一點的植被。

此時，已經是傍晚時分了，陽光斜射在維蘇威火山西側的山體上，把山染成了金黃色，維蘇威火山的山口，仍然冒着白色的煙霧，夕陽照射下，煙

霧也變得發散着金黃色，很是亮眼。

派諾開始登山，狄倫跟在他身後，上山有一條蜿蜒的小路，小路不算陡峭，行走起來並不吃力。我們開始還借助着房屋的掩護，不讓狄倫發現我們在跟蹤，但是開始登山後，所有的掩護都沒有了，浩大的山體上，樹木都極少。但是我們必須要牢牢地跟着他們，很快，狄倫回過頭來，發現了我們。這傢伙居然很是得意地對我們招招手。

我們沒有辦法，只能跟在他們後面，天色漸漸地暗下來，派諾停下了腳步，我知道，此時要是爬上山頂，天黑後很難順利地下山，因為這裏會一片漆黑，冒然下山會有危險。

派諾先生站在那裏，觀察着山口，一站就是十多分鐘，隨後，他又向旁邊走了幾步，繼續觀察。狄倫不耐煩地坐在了一邊，他看到了我們，又對我們招了招手。

「嗨——過來——聊一會——」狄倫挑釁地

喊道。

我和張琳瞪着他，但是沒有走過去。而派諾此時又開始在地面上揀石塊看，他連看了十多塊石塊，隨後開始在地面上挖土，他挖了一個很深的坑，隨後又開始觀察那些挖出來的土。

「他在挖什麼？」張琳看着派諾，問道，「挖寶石？挖黃金？」

「不知道呀。」我搖了搖頭，「看起來他好像在進行什麼研究，很認真的樣子。」

「他能搞什麼研究？他不是一個投資家嗎？做生意的大富翁。」張琳說。

「是呀。」我點點頭。

派諾開始把那些土和石塊放進一個布袋裏，滿滿裝了一個布袋，隨後對狄倫說了一句什麼，狄倫連忙站了起來。派諾提着布袋向山下走，狄倫也連忙跟上。

看到派諾和狄倫忽然就下山了，我和張琳愣在

了那裏，一時不知道該是也轉身下山，還是等他們下山後跟上。我們的這次「跟蹤」其實是完全失敗的，被跟蹤的人根本就知道我們在他們身後。

「嗨——兩個貼身保鏢——」狄倫走了下來，嘲弄地對我們說，「天黑了，我們要回去了，你們繼續跟着我們，保護我們，哈哈……」

「狄倫，你跑不了的，你是毒狼集團的人，我們全都知道，我們一定把你抓回去。」張琳握着拳頭說。

「我們不會回去了，就在這個時代生活下去了。」狄倫看到周邊沒有別人，所以也不裝好人了，「要是你們硬來，我們就大喊，叫村民來幫忙，叫治安官來幫忙。」

「夠了，狄倫。」派諾突然說，「你們做了錯事，你們不是好人，就不要說什麼了。」

說着，派諾看了看我們，他的眼神裏似乎閃現着無奈與無助，我和張琳一愣。

「派諾先生，是不是這個傢伙威脅你，不要怕，我來幫你。」我快步跟上，急切地説。

狄倫瞪着派諾，派諾不説話了。我走前一步，拉住了派諾，讓他不要怕狄倫的威脅，張琳則怒視着狄倫，狄倫有些怕張琳，連忙躲閃到一邊。

「就在這裏解決吧，凱文。」張琳忽然看着我，「這裏也沒有村民，把這個狄倫抓住，我看着，你回去和西恩悄悄把喬伊絲抓來，然後我們就穿越回去……」

「不行，我不跟你們回去，我會反抗的。」派諾突然説，「我要留在這裏。」

我和張琳都一愣，狄倫則很是得意。派諾居然這樣説，而且他這樣的受害人身分，要是抗拒我們，激烈抵抗，也影響我們穿越，我們也不知道該不該強行帶走他，真是左右為難。不過他都這麼説了，張琳本來都想去抓那個狄倫，又放手了，我們不能把狄倫和喬伊絲帶走，把派諾留在這個時代。

要是一個人留下看着派諾，兩個人押送狄倫和喬伊絲，又怕他們穿越時反抗，控制不住他們。

我們還在左思右想，派諾加快腳步，提着那個布袋快速下山，狄倫連忙跟上。我和張琳站在他們身後，看着他們。

「派諾先生到底恐懼什麼呢？」我自言自語地說，「居然這麼抗拒和我們回去。」

派諾已經走回到村子裏，在村口，他拉住了一個年紀較大的老人，說了幾句話，狄倫在一邊默默地等着，看上去還是在監視派諾。我和張琳走過去的時候，派諾和那個老人告別，和狄倫向租住的房子走去，沒一會，他們走到房子那裏，推門進去。我們在自己住的房子門口站了一會，也回去了。從目前的情況看，他們絲毫沒有快點要離開這村子的跡象，否則他們會想方設法地逃走，但始終沒這個舉動。

西恩和小利奧看我們回來，問了下情況。此

時，天已經黑了。

「這件事很蹊蹺呀。」我喝了幾口西恩端來的水，「我還總是擔心派諾被下了什麼迷魂藥呢，但是剛才派諾訓斥了狄倫，直接説狄倫不是好人，就説明他還是完全明白的，可這就更奇怪了，知道狄倫不是好人，為什麼還要和狄倫在一起，也不肯指認狄倫就是綁匪，還説不和我們走。」

「那個狄倫一直很得意呢，也沒有逃走的意思，好像完全掌控了派諾的樣子。」張琳在一邊説，「這件事真是奇怪呀。」

「繼續監視，繼續觀察。」我看着把油燈撥得更亮的西恩，「明天他們似乎還要出去，應該是去登山，我們還是要跟着去，看看他們到底要幹什麼？我總覺得派諾爬這個維蘇威火山沒那麼簡單，他哪有遊山玩水的心情呀。」

「走吧，和畫家一起去小飯館吃晚飯去。」西恩看了看外面，「剛才他已經來問過了，我説你們

還沒回來，多虧他，我們才能住到這裏來。」

「嗯，是要感謝他。」我點點頭，「那就先去叫他吧⋯⋯」

我來到畫家的房間門口，敲門進去，畫家的房間裏更加明亮一些，他正在整理那些顏料。

「畫家，我們回來了，你帶我們去吃晚飯吧，我們也不知道小飯館在哪裏。」我用感謝的語氣說。

「稍等，馬上就好。」畫家看到我們進來，很是高興，「小飯館不遠⋯⋯」

牆邊，靠着畫家尚未完成的作品，就是他下午畫的維蘇威火山，非常漂亮，也很是逼真。

「這畫要畫幾天呀？」張琳問道，「啊，山頂不是白色霧氣嗎？怎麼有幾個紅線？」

「下午我畫畫的時候，看見山頂飛濺出兩道紅線，非常豔麗，就馬上畫下來了。」畫家隨口說。

「走啦，走啦，我都餓死了。」西恩在一邊誇

張地説，「這麼小的村子，飯館能有幾個人？去晚了人家就關門了。」

「還真是。」畫家收拾好顏料，洗了洗手，隨後擦乾手，「這就走。」

畫家帶着我們去了小飯館，裏面只有一桌客人，居然是派諾他們三人，在這裏相遇，雙方似乎都有些尷尬，先來的派諾他們吃完晚飯就匆匆離開了。我們隨後吃好，也回去了。小利奧和西恩在畫家的房間聊天，張琳在院子門口盯着對面，我們決定晚上分成四個時間段，輪流監視對面，我還是怕狄倫和喬伊絲耍花樣，要麼偷偷溜走，要麼對我們發動襲擊。

我稍後也去了畫家的房間，他們聊得很開心，我坐在一邊，並沒有心情參與進去。我在想着派諾的反常舉動，他為什麼明知狄倫和喬伊絲是壞人卻要倒向他們。

晚上，我們分成了四班，輪流展開監視。小利

奧很懶，輪到他值班，凌晨我去接班的時候，發現他靠着門呼呼大睡。我一驚，怕狄倫他們跑了，連忙跑到對面的窗邊，我聽到了裏面打鼾聲，才放下心來。

CHAPTER 9

火山口

第二天一早，畫家先去村口畫畫了，他要完成餘下的畫作。西恩守在院子門口，忽然，他急促的聲音傳來，派諾他們要去登山了。

我們三個連忙從房間裏出來，和西恩一起跟了出去。派諾這次出去，狄倫和喬伊絲一起跟着，我們也是全部出動。我們也不想掩飾什麼了，就在他們身後二十米，保持着這個距離。狄倫和喬伊絲也大大方方地跟着派諾，時不時地回頭看看我們。

出了村北的村口，派諾就按照昨天的山路上山，我們連忙跟上。

早晨的空氣很好，遠處的草地，有幾隻野兔從窩裏鑽出來，匆匆地跑過。我抬頭看了看最高處的維蘇威火山的山口，那裏還在冒着白煙，看上去比

昨天似乎淡了一些，不過也可能因為今天是個天氣特別晴朗的日子吧，陰天那股白煙要更明顯一些。

我們跟在派諾身後，派諾這次似乎是一直要走到山口去，速度很快。我們都有點跟不上了，我們隱約聽到前面傳來的狄倫和喬伊絲的抱怨聲，他們嫌派諾走得太快，要休息一會，不過派諾並沒有理睬他們，繼續向上走。

「嗨，西恩，為什麼推我？」小利奧突然不滿地叫起來，他一直走在前面，轉過頭對西恩喊道，「我要是摔倒就滾下山去了。」

「誰推你了？」西恩不高興地說，「我為什麼要推你？」

「那誰知道？反正剛才我差點沒站住。」小利奧不依不饒的，「也許你想暗害我，這樣就少一個分配富翁感謝金的人了。」

「你想得可真多呢──」西恩大叫起來，「你真狡猾──」

「行了，剛才我也差點沒站住，我們這可是上山呢。」張琳在一邊説，「小利奧，你走穩點，不要走那麼快。」

「不走快點能跟得上大富翁嗎？」小利奧擺擺手，忽然，他看到派諾和我們的距離拉遠了，「哎，快點，大富翁走遠了──」

我聽着他們的話，仰視着峯頂那股白煙。

「這個派諾一定要上山，是不是和這火山有關係呀，或者説和火山噴發有關？」我小聲地説。

「摧毀龐貝城的那次噴發要一百多年後呢，這之前維蘇威火山沒有大的噴發呀。」張琳看看我，「這些史料上都有記載的。」

「嗯，我知道。」我説着話，加快了步伐，我和小利奧都拉開了十多米了。

我們爬了半天的山，距離山口越來越近了，甚至能聽到一點點隆隆的聲響了，這應該是火山口裏傳出的聲音。

派諾距離山口已經不到一百米了，一團團的白色霧氣從火山口翻滾而出，距離這麼近，我都能感到山口那裏的高溫了，而且「轟隆隆」的聲音不絕於耳。派諾突然開始狂奔起來，狄倫和喬伊絲大喊着，追逐着派諾，我們覺得出了什麼事，連忙也跟上。

　　派諾到了山口，停下腳步，他趴在了山口的崖壁上，向下面看着。狄倫和喬伊絲也顫巍巍地趴在崖壁上，小心地探出頭，向下面看着。

　　我們隨即跟上，來到了火山口，我小心地向下看，發現下面都是白色的霧氣，而且這種霧氣翻滾得很是劇烈，巨大的隆隆聲傳了上來，大地也在微微震動。

　　派諾向下看了足有五分鐘，我們也不知道他在看什麼，也不好多問。我看不見下面有什麼，而且感到熱浪滾滾很是難受，所以把頭縮回來。張琳和西恩也一樣。

「離遠點吧，下面也沒什麼好看的。」小利奧拉着西恩，他剛才只向下看了一眼就躲到了一邊，「龐貝城的人都很少來這裏，這座山經常冒這種白煙。」

那邊，派諾也縮回頭，他在山口那裏開始用隨身帶着鐵鏟挖土，挖一會就開始看那些翻出來的土，隨後又接着挖。

「昨天你已挖了不少土，看了半個晚上，今天又挖。」喬伊絲在一邊抱怨起來，「又不是挖金子，差不多就可以了，陪着你兩天了，有什麼好研究的……」

我聽到了喬伊絲的話，聽上去喬伊絲在抱怨派諾搞什麼研究，難道派諾在研究火山？我真想走過去問，但是看到派諾認真地研究土層的樣子，我只能站在一邊看着。

「啊——」張琳驚叫了一聲。

「怎麼了？」我轉身看着張琳，連忙問。

「有一團紅色的熔岩噴射出來，然後又掉下去了。」張琳指着火山口說，「太嚇人了……啊，畫家的畫上火山口的紅線應該就是熔岩噴出吧，遠看就是一道紅線呀。」

這時，地面一震，我們都差點沒站住。

「啊，是地震吧？」西恩喊道，「小利奧，剛才就是這樣，我沒推你，是地震——」

「有熔岩噴射出來嗎？」派諾說着又走向火山口，向下看着，不過下面全是翻滾的白色煙霧。

派諾轉回身，抓了一把土看了看，隨後把土扔掉，看着狄倫和喬伊絲。

「我判斷得沒錯，火山要爆發了——」派諾激動地說。

「什麼時候爆發？你別嚇唬我們。」狄倫緊張起來。

「其實就是現在，這座火山已經處於爆發狀態了，現在是初始階段，大爆發馬上會來。」派諾說

着揮着手，「你們快走，快下去——」

「派諾，你別耍花樣，我們同意和你在這個村子裏，你別想把我們支開——」狄倫揮着拳頭說，「這座火山總是冒白煙，為什麼說現在爆發了？」

「不要爭了，你們快走。」派諾大聲地吼了起來，「我還要觀察一下，估算爆發力度和熔岩流向，然後去通知村子裏的人離開——」

「你想把我們支開？沒那麼容易。」喬伊絲喊道，「我們不會上當的——」

「轟——」的一聲，一大團紅色熔岩衝上天，隨後快速地落下來，砸在我們身邊十幾米外的地方，那股熔岩有一輛轎車那麼大，落地後開始向山下滾動。

「啊——啊——」喬伊絲看到熔岩落下來，慌裏慌張地驚叫起來，「真的爆發了——快跑——」

狄倫已經向山下跑去，喬伊絲跟着他跑，跑了沒兩步就摔倒在地，隨即向山下滾去。

一場我們沒有查到的火山爆發發生在眼前，而我們就在山口這裏，一團小一點的熔岩又噴射出來，不過還好落回到了火山口裏。

「你們還在幹什麼？快走——」派諾看着有些發呆的我們，喊道，「很危險，我要是沒下來，你們通知村民離開——」

「轟——」的又是一聲，一團更大的熔岩噴射出來，噴出了有十多米高，隨後砸落下來，這次落在山口下方一百多米的地方，山體都被這團落下的熔岩震得一顫。

「你是不是和綁匪有了什麼約定？」我上前拉着派諾，「你也要走，火山爆發了——」

「先不要說這些，你們快走——」派諾掙脫我，把我往山下推，「我要計算熔岩的準確流向和爆發力度——」

這時，「轟」的一聲，一股熔岩從山口溢出，隨即就往下流動，而且正是衝着我們的方向。

110

「走──走──」我和張琳上前一步，每人拉着派諾的一邊手臂，把他往山下拉。

「爆炸啦──爆炸啦──」小利奧早就走不動了，他捂着頭，蹲在地上，「要死了──要死啦──」

西恩上前一把就拉起小利奧，帶着他往山下跑。我們轉瞬間就跑下去幾十米，派諾看山口有熔岩溢出，也不抗拒了，跟着我們一起向山下跑。

「通知村民，通知村民──」派諾邊跑邊說。

「轟──」的一聲巨響，山口噴射出一幢樓那麼大的熔岩，熔岩飛得不高，快速砸下，正好砸在我們身後，隨即，熔岩翻滾着追着我們撲來，移動的速度極快，很快就能追上我們了，我們都能感到身後那種炙熱的溫度了。

「啊──啊──」小利奧看了看身後，絕望地大喊起來，「完啦──完啦──救命──」

「轟──」的一聲，西恩的手臂對着地面一

劃，「防禦弧──」

我們身後，一道閃光在地面劃出一道十多米長的弧線，熔岩轉瞬間就沖到弧線處，隨即開始爆開，不再前進，其餘的熔岩在弧線兩側翻滾前進，不過傷害不到我們了。

「快走──」我拉着派諾向山下跑去。

我們一口氣向山下跑了兩、三百米，忽然，山體劇烈顫動了一下，隨即身後傳來一聲巨爆，我回頭看了一下，只見山口有噴射出一股巨大的熔岩，那股熔岩這次是對着我們這邊噴過來的，只見那股熔岩越過了我們的頭頂，落在山體上，正好擋住了我們下山的路，熔岩落地後，開始向山下蔓延。

「繞過去──」張琳喊着，隨後帶着我們繞過那股熔岩，從熔岩旁下山。

這時候，身後的火山噴發已經開始頻繁了，一股股的熔岩噴射出來，有大有小，但是主要掉落方向都是我們這一側。

一股股的霧氣也壓了下來，影響了我們的視線，不過我們仍然不時地回頭看着，如果被熔岩砸中，那一切都完了。我們必須防備噴射出來的熔岩砸向我們，我們小心地跑着，跑出去了五、六百米，火山噴發的火山灰籠罩住了山頂位置，我們好不容易衝出了山頂區域，但是火山灰的擴散在向山下延伸。

「哇——救命——」狄倫和喬伊絲的聲音忽然傳來，那聲音充滿了恐懼。

我們剛衝出火山灰籠罩區域，就看見狄倫和喬伊絲絕望地站在一處山體上，大喊着。他們的前方，是一大片冒着熱煙的高温熔岩，他們的左右兩邊，也是熔岩，而他們絕對不敢轉身再上山，一股股的熔岩正在向下蔓延，他們被熔岩包圍了。

「救救我們——」喬伊絲看到了我們，大喊着，「求求你們了——」

「哇——兩個綁匪——」小利奧對他們揮着拳

頭，「你們出不來了——」

「必須救他們。」張琳説道，「否則他們會被燒死在這裏的。」

「從這裏劃出防禦弧打散熔岩？」西恩指着不遠處的熔岩，「打開通道，把他們接出來。」

「不行，這樣炸開的熔岩會噴到他們身上的。」我擺擺手。

「救命呀——我們不做壞事了——」狄倫和喬伊絲繼續大喊着，他們的身後，突然落下一股熔岩，隨後慢慢地向下蔓延着。

狄倫和喬伊絲看到那股熔岩，嚇得哭喊起來，抱在了一起，他們被熔岩從四面包圍了。

「西恩，踩上來——」張琳突然把手搭在一起並垂下，手心向上。

西恩頓時就明白了，我扶着西恩，他站到了張琳的手心上，張琳先是微微蹲下，隨後猛地起身，雙手向上發力，西恩立即被拋了出去，西恩在空中

飛起來足有五、六米高，他的身體劃了一道弧線，在熔岩形成的包圍圈裏，就落在狄倫和喬伊絲的身邊，此時這個包圍圈被熔岩壓縮得只有十多個平方米了。

「防禦弧──」西恩落地後，對着向着山腳下一側的熔岩一揮手，大喊一聲。

「唰──」的一下，一道閃着光的防禦弧出現在熔岩那裏，隨即炸開，熔岩向下方飛濺。一個三米長，五米寬的通道被炸開。但是前方仍有幾米厚的熔岩。

西恩再次對着剩餘的熔岩一指，呼喚出防禦弧，防禦弧再次閃出並命中熔岩，熔岩被炸開。一條六、七米長，五米寬的通道被炸開了。

「快跑──快跑呀──」西恩呼喚着被嚇傻了的狄倫和喬伊絲，「別愣着呀──」

狄倫和喬伊絲這才反應過來，他倆大叫着，沿着通道就跑了出去，西恩也連忙跟在後面。

CHAPTER 10

告別

　　看到狄倫和喬伊絲脫身，我們也繼續向山下跑去。這時，背後的山口又是一陣巨響，幾團熔岩噴射而出，隨後重重地落了下來。

　　狄倫和喬伊絲跑得倒是很快，一會就不見了蹤影，西恩則在前面等着我們。我們和西恩匯合後，也快速下山，我們又向前跑了五百米，回過頭去看，火山口的白霧比前幾天大了很多，還有熔岩陸續噴出，一股火山灰正在緊跟着我們，但是身後熔岩流不見了，山口那隆隆聲也小了很多，情況似乎變好了，但是我們也知道，這不過是因為距離火山口遠了一些才有的感覺，火山仍在噴發中。

　　「快走──」派諾在一邊催促我們説，「去山下叫村民們快跑，這是一次歷史上沒有記載的小規

模噴發，傷害不到龐貝城，但是下面那個村子會湧進熔岩，也會被火山灰覆蓋厚厚一層。」

「你是為了那些村民，才留在這裏研究火山的？」我想到了什麼，急着問。

「快走，現在不是説這個的時候，熔岩流半小時內就會流下來——」派諾拉着我往山下跑。

我們連忙繼續向山下跑，很快，我們就衝到了山腳下，進到村子裏。

「火山爆發了——快跑——」派諾一進村子就大喊起來。

「快跑——快跑——」我也大喊起來。

一個村民從房子裏走出來，愣愣地看着我們，不知道發生了什麼。

「快跑呀，火山爆發了——」張琳拉住他，指着火山口説。

「你們都怎麼了？」村民笑了笑，「剛才那個高個子，叫什麼狄倫的和那個喬伊絲瘋了一樣跑進

村，現在你們又這樣⋯⋯」

「這兩個傢伙，也不通知一下大家。」張琳氣憤地揮着拳頭。

「來，我們分工——」我把大家集合起來，「張琳和西恩，你們去村子的北邊和南邊，我和派諾先生去村子的西邊和東邊，叫大家快跑，小利奧，你去村南路口給大家引路，讓他們出了村往龐貝城方向跑，熔岩流就要下來了——」

「你們幹什麼？」村民疑惑地指着山口，「很早以前那裏也冒過大白煙，發出過響聲，今天的聲音倒是很大，但沒什麼事吧？」

「這次和以前不一樣了。」派諾瞪着那個村民，「快走，什麼都不要帶，一會冒火的熔岩就會撲進村子，到時候地面會有半個人高的熔岩層，十天後熔岩冷卻下來你們再回來清除熔岩層，現在快逃命，出村一公里外就安全了⋯⋯」

我們分頭行動，挨家挨戶敲門，讓大家逃命。

村民們看到我們都很着急的樣子，加上山上隆隆的聲音傳來，都意識到問題的嚴重，所以按照我們説的，出了家門就向龐貝城方向跑去，不過還是有些人順手拿了一些財產，更多的人是牽着自家的牛羊出逃。

「快走，老奶奶——」張琳把一個獨居的老人從睡夢中叫起來，扶着她出了房間，來到村子中心位置。

「張琳，你那個區域還有人嗎？」我帶着兩個一開始還不太肯離開的老人也走到村子中心，「我那邊就是這最後兩個人。」

「沒有了，都走了，這個老奶奶是最後一個。」張琳説，「那個畫家，還想進村子把熔岩畫下來呢，不想走，我説這麼昏暗你怎麼畫，這才把他勸走。」

「你們扶着老奶奶快走，我還要再找找。」我對身邊兩個老人説。

兩個老人扶着老奶奶，向龐貝城方向走去，我盤算着，十多分鐘後熔岩流就要沖下來了。我和張琳在路口，看着四下，等着西恩和派諾，我們看到派諾從一百多米外向這邊跑來。

　　「我們沒有遇到麻煩，更沒有被穿越守則推回去。」張琳有些興奮，「我們好像是在改變歷史，違背了穿越守則。」

　　「派諾先生説了，這次噴發是小規模噴發，都沒有被記錄在歷史裏。」我解釋説，「這近百個村民自身也影響不到歷史，我們救他們，他們就活命，我們沒有來，他們就會有人因為這次小噴發而遇難，但對浩瀚的歷史進程不產生影響。如果我們去一百多年後的龐貝城提醒他們全部撤離，那就真的是試圖改變歷史了，一定會被穿越守則推回現代的。」

　　「有道理，有道理。」張琳點着頭，「什麼事你一説，就明白很多……」

123

派諾來到了市中心，説他負責的那邊所有的人都走了，目前只有西恩不見蹤影，他負責村子北面的村民撤離。此時，天空已經非常昏暗了，火山灰撲了下來，我們的身上全都是，山口那邊隆隆的聲音還存在，但是濃重的火山灰已經令我們看不到山口了。

　　「西恩——西恩——」我們大喊着，向村子北面跑去。

　　沒有回音，我心裏一驚，立即又向前跑了十幾米，大家跟在我身後，我們必須全部湊齊才最後離開村子。

　　前面，有個影子一閃，彌散的灰霧中，西恩跑了過來。

　　「我在這裏——」西恩終於跑了過來，「村北沒人了，我們快走，我看見熔岩已經沖進村北了。」

　　「走，快走——」派諾聽到這話，連忙揮着

手説。

　我們立即向村南跑去，村南的路口，小利奧焦急地等着我們，他説最後一個村民幾分鐘前也已經走了，就等我們了。

　我回頭看看村子，大半個村子已經被火山灰包裹住了，什麼都看不見，我們轉身向龐貝城的方向撤離。

　跑出去一公里多，火山灰霧淡了很多，我們甚至能看見維蘇威火山口的噴發了，一百米外，那些撤出來的村民都坐在一片草地上。看到我們來了，紛紛上前向我們致謝，跑到這裏，看到被灰霧完全包裹覆蓋的村子，他們才真正意識到問題的嚴重。

　「我把畫板都帶出來了。」畫家激動地拉着我的手，「我記下了剛才你們的勇敢舉動，我要把這畫下來，太謝謝你們了⋯⋯」

　「大家都有親戚在龐貝城裏工作對吧？」我看着那些村民，問道。

幾乎所有村民都回答説有，畫家則表示他本身就是龐貝人。

「你們先進城住十天，大家也幫幫沒有親戚在龐貝城的。」我大聲地説，「十天後你們再回村去，清理冷卻的熔岩，整理住房……」

村民們依依不捨地和我們告別，在畫家的帶領下，一起向龐貝城走去。小利奧沒有走，他還要和我們在一起，他始終盯着派諾。

總算是救下了這批村民，我們都很高興。派諾明顯也是完成了一個重大任務一樣，不過他隨即又往村子方向走了幾十米，看着那維蘇威火山，又看看村子，還觀察地面落下的火山灰。

「派諾先生──」我走到派諾身邊，我可是有問題還沒有答案呢，「現在，綁架你的人不知道跑到哪裏去了，你也救下了這個村子裏的人，可以回答我的問題了吧？你是不是因為要救村民，和綁匪約定了什麼。」

「是，任務完成了，他們都得救了。」派諾轉回身看看我，張琳他們也都走了過來，「我知道你要問什麼，沒錯，我當眾説和綁匪是一起的，拒絕你們的幫助，是因為那天你們第一次營救我失敗後，綁匪先是帶着我跑到龐貝城，原本要住在旅館，可是狄倫很狡猾，説萬一你們追來，一定會挨個旅館找我們，所以他們就帶我來到這個村子。他們也累了，準備在這裏休息幾小時後去拿坡里，那是個大都市，有很多旅館，被你們找到的可能性很小。但是到了那個村子後，我就發現維蘇威火山口的白霧中有少許熔岩噴出，這極有可能是一次火山爆發的前兆，而爆發力度稍大，山腳這個村子的人就會全部遇難。我就和綁匪商量，不要離開這裏，第二天上山去看看情況，我要勘探一下火山爆發的可能和力度，條件是我在他們索要贖金的基礎上再加五百萬元，而且會順着他們的意思安排家人提供贖金。沒辦法，我不能看着村裏的人死去，他們也

就同意了，狄倫説一旦特種警察追來，我就要説是和他們一起的，他們不是綁匪，我也只能同意了。你們果然來了，我也只能那樣説，否則一旦發生打鬥，我要是受傷，或者有別的情況發生，我就完成不了勘探，村民們就可能沒命，近百條人命呀。」

「噢，和我猜想的大體一致。」我點點頭，「可是你為什麼不能直接告訴村民火山有爆發的危險呢？」

「一定要確保準確，如果僅僅是估算，我説有危險，結果什麼都沒發生或者熔岩只沖到半山腰，那麼村民就會對未來的火山爆發都掉以輕心，只要有一次規模大點的爆發，就會讓他們全部喪命，這樣一來我説了比不説更糟糕。」派諾説，「所以我必須上山勘探，維蘇威火山是活火山，經常會冒出白色霧氣，不是每次冒白煙就一定會噴發呀。」

「你説勘探，為什麼你勘探就那麼準呢？你不是一個投資家嗎？」我疑惑地問道。

「我現在的工作是投資，可是我是博洛尼亞大學地球物理學系畢業的，我的研究方向就是火山活動和岩石形成。二十多年前我開始從商後，這個研究可從未中斷，我還經常參加各種研討會呢。」派諾解釋說，「你們是特種警察，來之前一定去我家了解過這個綁架案，你們就沒看見我家院子裏的水池嗎？那個山形物體就是維蘇威火山呀，上面噴出的白色氣霧是水汽，但那是我用來模仿火山活動的呀。」

「啊——是呀——」我們幾個頓時都恍然大悟，我說那個水池怎麼那麼與眾不同的呢，當時確實沒有在意。

「所以我對火山活動很敏感，綁匪把我帶到那個村子後，我近距離一看就感覺到了問題。昨天傍晚我在半山腰採樣後，回去研究了一晚上，知道目前這個時期是維蘇威火山的異常活躍期，歷史上確實沒有記載維蘇威火山在這個時間段有過大爆發，

但是小規模爆發也是足以摧毀村子的。」派諾很是感慨地説，「其實，我被綁匪綁架，但是從某種程度來説，我倒是有點感謝這兩個綁匪，因為我仍然對研究火山活動極有興趣，他們把我帶到這個時代，讓我這麼近的觀察維蘇威火山，這曾經都是想都不敢想的事，我們所處的那個年代，維蘇威火山基本停止了火山活動了，我甚至有點慶幸這次被綁架呢。」

「原來是這樣。」我最終明白了派諾所説的一切，不過我又想起新的問題，「可是綁匪狄倫，還有那個喬伊絲，他們兩個跑到哪裏去了呢？」

「誰知道呀，不過應該逃出村子了。」西恩看着四面，「剛才不是有村民看見他們跑進村子了嗎？比我們要早，應該比那些村民都要先逃出村子。」

「這兩個傢伙，就顧着自己跑，也不通知村民。」張琳很生氣地説，「綁匪就是綁匪，哎……」

「你們，你們好像不是從米蘭來的？」小利奧一直在一邊聽着我們的話，似乎聽出了什麼，「你們那個時代？什麼時代？這到底是怎麼回事？」

「和你解釋不清。」張琳走過去說。「反正我們都是從很遠的地方來的，這種距離，不僅僅是長度的距離，更是時間上的距離，我只能說這麼多了……不過真的要謝謝你，幫了我們這麼多……」

「你記得就好，不過這次我好像是白來了，你們好像就要一起回米蘭……或者別的地方了，這個大富翁獲救也沒那麼費力，哎，看來是白來了。」小利奧很是懊惱地說，「還差點把命賠上，不划算，真不划算呀……」

「這個給你……」派諾說着把自己的一枚大金戒指摘下來，遞給小利奧，「金子的……」

「啊，這樣……好嗎？」小利奧說着把那金戒指拿過來，兩眼放光，「你看你，大富翁先生，我可不是說你什麼，這麼老遠的來，還給我帶禮物，

下次可不許了喔。」

「戒指的背面是一個微型指南針。」派諾介紹說，「你反過來看，白色指標指的方向就是南面。」

「噢，是這樣嗎？萬一要是西面怎麼辦？」小利奧當然不知道指南針的原理，疑惑地問。

「好啦，一定是南面，你多試幾次就知道了。」我笑了笑，「小利奧，你也回去吧，我們這就要告別了，我們馬上也要走了。」

「這就要走嗎？」小利奧說着先是看看我，又看看派諾，「大富翁先生，我住在斯塔比亞，那裏的人都知道我小利奧，你下次來記得不要帶禮物喔，不要帶喔……帶得越多越好喔……」

「最後說實話了。」我拍拍小利奧，「再見了，這次多謝你了。」

小利奧拿着金戒指，一邊看一邊笑，他和我們告別後，走了。

CHAPTER 11

倒下後的包圍圈

「我們找個空地，穿越回去吧。」我向周圍看了看，「這次任務基本完成了，關鍵是解救了人質，不過兩個綁匪沒有找到，估計他們在這裏也不會待很久，可能已經穿越回去了。」

「他們回到我們那個年代，再抓他們也不晚。」西恩說。

我開始找能夠進行穿越的平地，很快，我找到了一個地方，我們帶着派諾先生向平地走去，邊走邊告訴他穿越時應該注意的事項，主要是要求他牢牢地挽住我們的手臂，不要太過緊張。

「兩個笨傢伙——」張琳走着走着，突然小聲地說。

「嗯？」西恩先是一愣，隨即問，「張琳，你

説什麼呢？」

「我説那兩個傢伙。」張琳很是不屑地説，「那塊石頭後面，大家不要向石頭那裏看，狄倫和喬伊絲就躲在石頭後面，正在向我們這邊偷看呢。」

「哇——」西恩小聲地叫了起來，不過他的眼睛還是看着地面，「居然還沒有跑，張琳，我們衝過去把他們抓住。」

「你們只要一衝，他們轉身就跑。」我也若無其事地看着前方，但壓低聲音説，「最多能追上那個喬伊絲，結果還是有個綁匪脱逃。」

「沒錯，不能衝過去。」張琳連忙表示贊同，「這兩個傢伙正算計我們呢，真是白救了他倆了。這次穿越回去，要帶上他倆，這回不能再讓他們跑了。」

「那怎麼辦？」西恩急着問。

「我有辦法，」我小聲地説道，「按照我的計

劃，能抓到他倆的……」

大家都看着前面，假裝不知道狄倫和喬伊絲就在旁邊。我到了空地上，慢慢抬起手來。

「和這裏告別吧，派諾先生，我們這就帶你回去──」我故意大聲地喊道，「回去再進行你的火山研究，你現在是自由的了──」

「太謝謝你們了──」派諾先生很是配合地大聲説，他基本上是在喊叫了，表演略有過頭。

我連忙抬起手，對着手錶。

「阿爾法小組呼喚總部時空隧道管理員。我是阿爾法小組051號特工，我和另外兩個同事申請開啟穿越通道，我們將帶領被解救的人質一起返回，請輔助我們實施穿越。」

「我是012號時空隧道管理員，請問穿越方式。」手錶裏一個聲音問道。

「無限穿越。」

「穿越返回的時間和地點？」

「意大利的拿坡里，當代……」

我大聲地和時空隧道管理員對話，就是要讓狄倫和喬伊絲聽見。張琳他們都在我身邊，等待着時空通道的出現。

不一會，時空隧道出現了，派諾好奇地看着眼前的時空隧道，這個用來穿越的通道似有似無地懸浮在地面上，距離地面不到十厘米。

「啊——這個時空隧道真是不錯，我們來的時候，那兩個綁匪的時空隧道比這個小一半，進去後要彎着腰，真是夠破爛的——」派諾感慨地説。

「走吧。」我拉了拉派諾，笑了笑。

我們全都走進了時空隧道，但是進入後，我們就再也沒有向前一步，而是都站在隧道口。我立即用手錶通知隧道管理員，停止一切幫助，停止輔助穿越行動，我們要利用這次假穿越抓捕綁匪。

此時，從狄倫和喬伊絲的角度觀看，能看到我們進了隧道，但是看不見我們就站在隧道口，時空

隧道看上去雖然若隱若現、似有似無，但是有管壁的，管壁阻擋住了他倆的視線。此時他倆則各舉着一塊巨石衝了出來，他們要在穿越即將展開的時候攻擊隧道，這個時候是穿越者毫無防範準備，時空隧道最為脆弱的時候，用石塊攻擊，類似於飛鳥撞擊高空中飛行的飛機發動機的後果。

狄倫和喬伊絲舉着巨石，狠狠拋向了隧道，「轟——」的一聲巨響，隧道管理員按照我的指導迅速收起了隧道，我們也都有準備，石塊砸過來的時候，我們就開始向四周跳躍，巨響後，我們全都躍出隧道並慘叫着躺在四下。

「砸中啦——砸中啦——」狄倫興奮地衝過來，「這幫笨蛋，沒想到吧——」

「繼續綁架派諾，去拿坡里——」喬伊絲大聲地喊着，「喂，狄倫，這傢伙不會死了吧？」

「不會吧。」狄倫説，「死了也沒事，反正能和他家裏人要錢……」

「要什麼錢呀？」派諾説着爬了起來。

我們都站了起來，把狄倫和喬伊絲包圍起來。

「你們——怎麼回事？」狄倫吃驚地指着我們。

「上當了吧？」喬伊絲看看狄倫，「應該是上當了。」

「一定是。」張琳輕蔑地説，「沒看見我們倒下去的時候，形成的是一個包圍圈嗎？你們衝到包圍圈裏了。」

「啊——」喬伊絲跳着腳，大罵起來，「狄倫，你這個笨蛋，還不如早點跑進龐貝城去呢，你偏説要留下來看看，全都怪你——」

「我怎麼知道？」狄倫説着看看四下，狡猾的他還想突圍逃跑。

「霹靂劍——」張琳大喊一聲，手上頓時出現一把閃着光的霹靂劍，張琳把劍頭位置搭在了狄倫肩膀上，「你還想跑？」

「不想了，現在不想，真不想了。」狄倫哀求起來，「打不過你們，早就知道你厲害……」

「饒命呀——」喬伊絲也在一邊高舉雙手，「投降啦，我投降啦——」

「你們剛才去哪裏了？怎麼會在這裏破壞我們穿越？」我大聲地喝問。

「你們救了我們以後，我們下山穿過村子，本來要到拿坡里去，但跑得太累，想休息一下，看看沒什麼危險，就坐下來休息了。」狄倫顫抖地說，「剛起身想走，就看見村民們來了，全都聚集在這裏，我和喬伊絲就躲在一邊，想看看有什麼事情，大家都議論你們救了他們，過了一會，你們又來了。我們看派諾和你們在一起，就想你們可能要回去，我就想破壞穿越通道，抓走派諾繼續索要贖金。」

「前些天你們是不是冒充送電器的進了派諾先生的家綁架了他？」我又問。

「是的。」狄倫簡單地說。

「你們怎麼知道有人會給派諾先生送電器？」我瞪着狄倫。

「我們有準備的，我們用電子設備竊聽了派諾家的電話，早就知道有人要來送電器。」狄倫小聲地說。

「那間麵包店是怎麼回事？就是你們把派諾先生帶走後的穿越地點。你們買下麵包店不會真的要做生意吧？可真下本錢呀。」

「買下那裏就是方便把派諾帶走後隱蔽穿越。」狄倫小心地看看我，「不過買麵包店的費用，就是那張支票，是假的，但是麵包店老闆要一周後才會知道那是假支票，那時候我們早就穿越走了。」

「先竊聽到具體送貨資訊，然後假裝買店，準備好了穿越地點，然後偷車，截住送貨員後開着偷來的車冒充送貨員上門綁架！」我終於明白了綁匪

的所有手段，「真是狡猾。」

「我們還救了你們！」西恩在一邊叫了起來，「真是忘恩負義，還敢砸我們的時空隧道。」

「不敢啦——真的不敢啦——」喬伊絲繼續求饒。

張琳用繩子把他倆捆住，我再次呼喚時空隧道管理員，我們帶着派諾，順利地穿越回了現代，派諾終於見到了家人，狄倫和喬伊絲也被送交給了當地警方處理。

三天後，我們三人出現在羅馬博爾蓋塞美術博物館裏，看着那幅古羅馬時代的壁畫，畫面上的人，無疑有我、張琳和西恩。

「……畫作介紹很明顯了，這幅畫是龐貝城大貴族拉方提居所的一幅壁畫，而給畫家下訂單的正是畫家所説的拉方提老爺。」張琳很是激動地説，「畫家回到城裏後，把所見畫到了拉方提的居所裏了……」

142

「雖然才見過幾次，但是畫家人不錯，畫得也好。」我感歎道。

「被你們說得我都想穿越去看望他了，還有那個小利奧。」西恩很是無奈，「只是穿越只能用於執行任務，否則根本就沒有穿越許可權……」

「是呀。」我點着頭，「那個小利奧，回去後，做了什麼工作呀？生活得怎麼樣呀？真是很想知道。」

時空調查科6

龐貝古城行

作　　者：關景峰
繪　　圖：Mimi Szeto
責任編輯：葉楚溶
美術設計：蔡學彰
出　　版：新雅文化事業有限公司
　　　　　香港英皇道499號北角工業大廈18樓
　　　　　電話：（852）2138 7998
　　　　　傳真：（852）2597 4003
　　　　　網址：http://www.sunya.com.hk
　　　　　電郵：marketing@sunya.com.hk
發　　行：香港聯合書刊物流有限公司
　　　　　香港新界大埔汀麗路36號中華商務印刷大廈3字樓
　　　　　電話：（852）2150 2100
　　　　　傳真：（852）2407 3062
　　　　　電郵：info@suplogistics.com.hk
印　　刷：中華商務彩色印刷有限公司
　　　　　香港新界大埔汀麗路36號
版　　次：二〇二〇年六月初版

ISBN : 978-962-08-7534-2
© 2020 Sun Ya Publications（HK）Ltd.
18/F, North Point Industrial Building, 499 King's Road, Hong Kong
Published in Hong Kong
Printed in China